시를 낳는 교실

시를 낳는 교실

-선생님의 교실은 안녕하십니까?-

발 행 | 2022년 11월 03일
저 자 | 한광일
펴낸이 | 한건희
펴낸곳 | 주식회사 부크크
출판사등록 | 2014.07.15.(제2014-16호)
주 소 | 서울특별시 금천구 가산디지털1로 119 SK트윈타워 A동 305호
전 화 | 1670-8316
이메일 | info@bookk.co.kr

ISBN | 979-11-410-0033-2

www.bookk.co.kr

시를 낳는 교실

한광일 지음

CONTENT

[마음 씻는 동시 열 편]

책 머리글

인생이 다 그렇듯 아이들과 사는 일에도 희로애락이 있습니다. 실은 사람들이 생각하는 것보다 훨씬 다채롭답니다. 때로 사는 일이 적잖이 괴로울 땐 선생들도 술이 좀 과할 때가 있습니다. 그리곤 쓰린 속을 달래기 위해 다른 사람과 마찬가지로 해장국을 찾기도 한답니다.

해장국은 종류도 많고 맛도 가지각색입니다. 당장 손을 꼽아보아도 선지해장국, 뼈해장국, 북어해장국, 콩나물해장국, 다슬기해장국…. 그뿐만이 아닙니다. 요즘은 숙취 해소용 음료도 다양하게 출시되어 있습니다. 어떤 이는 종종 서양식 해장법까지 소개하곤 하더군요.

이 많은 것 중에서 술이 빨리 깨고 속이 편해지는데 가장 효과가 좋은 것이 어떤 것일까요? 알 수 없습니다. 그래서 사람마다 좋아하는 해장법이 다르기도 합니다. 시중에 시판되고 있는 어떤 음식을 두고 이 나라 최고의 음식이라 평가하는 것은 평가의 순간부터 오류일 것입니다. 그것은 집집마다 솜씨 좋은 어머니가 계시기 때문입니다. 또 그 너머에 할머니, 외할머니 손맛이 그립기 때문입니다. 종손가 맏며느리의 음식도 있고요.

참으로 다행스럽게도 그해는 아이들과 정말 잘 지낸 것 같습니다. 몇몇 아이들이 앓는 마음의 병 중에는 어떤 약도 듣지 않는 병도 간간이 있어서 선생님이나 보호자를 절망하게 하는 적도 적지 않은데, 그해의 아이들은 다행히 모두 건강한 아이들이었으니까요. 만능의 마음 약이 있으면 좋겠지만, 만능 약이란 건 없으니 마음 건강한 아이들을 만나는 것은 정말 행운이거든요. 여기 펼쳐 놓은 이야기도 그런 아이들과의 이야기여서 읽으시는 분들이 혹시나 하는 마음에서 펼쳐 들었다가 역시나 답이 없네, 하고 실망하실지도 모르겠습니다.

비유가 될지 모르겠습니다만, 이 책은 많고 많은 해장국이나 해장법 중의 어느 하나, 가령 콩나물해장국에 해당할 것입니다. 교육현장에 달인은 많습니다. 연식(?)이 오래되신 선생님 중에 학급경영에 관한 진짜 달인이 많이 계시다는 걸 잘 알고 있습니다. 연식이 그리 오래되지 않았는데도 탁월한 분들도 많이 계십니다. 가끔은 저분은 천생 타고 난 선생님이구나 하는 감탄이 절로 날 만큼 초임 때부터 아이들의 종교(?)가 되는 분들도 계시더군요.

배우기 좋아하는 사람은 묻기를 좋아한다고 합니다. 아랫사람에게 묻는 것도 부끄러워하지 않는다고 합니다. 어려운 병일수록 자랑하라는 충고는 여러 가지 방책을 부르기 때문이겠지요. 선생은 가르치는 사람이기 전에 배우기를 좋아하는 사람이리라 생각합니다. 저 역시 언제나 세상에 묻고 배우고 있습니다. 세상의 모든 선생님들과 아이들과 학부모님들이 함께 행복하길 기원합니다.

에피소드마다 딸린 시는 이야기의 마무리 자작시임을 밝혀 둡니다.

ps : 이 책은 2017년 발행판을 5년 만에 재발행하는 판본입니다. 요즘 상황과 잘 맞지 않는 부분이 있음을 감안하여 읽어주시면 감사하겠습니다.

2022.

제1화 4학년 1반, 영찬이의 담임이 되다

“부장님, 할 말이 있어요.”

교감 선생님께서는 불러놓고도 쉽게 말문을 열지 못하고 머뭇머뭇하신다.

"네. 말씀하세요. 어떤 말씀인지 대강 짐작하고 있으니까요."

2월 중순이었지만 아직도 4학년을 맡아 줄 선생님을 아무도 배정하지 못하고 계신 걸 모르는 바가 아니었다.

“4학년을 희망하시는 선생님이 아무도 안 계시네요.”

“네, 제 눈치로도 그런 것 같더라고요.”

"그래서 말씀인데…, 올해가 우리 학교의 만기이시고, 지난 4년간 학교를 위해서 여러모로 애쓰신 걸 알면서도 부탁드리게 되네요."

"네. 편히 말씀하세요."

3년 전부터 잡무가 많은 업무를 맡아 온 까닭에, 나는 지난 3년 동안 학급 운영에 최선을 다하기 어려운 상황이었다. 이 학교에 근무한 4년 중 3년이 이러했으니 올해만큼은 아이들에게 미안하지 않은 선생이 되고 싶었다. 기왕이면 5학년 담임이 되었으면 싶었다. 그 아이들이 이 학교에서 내 미안한 첫 아이들이었기 때문이었다.

"부장님이 4학년을 맡아주시면 안 될까요?"

"네. 그렇게 하겠습니다."

5학년을 맡고 싶었던 나는 줏대도 없이 4학년 담임을 수락한다.

"정말, 그렇게 해 준다고요? 어려운 부탁인데, 그렇게 흔쾌히…? 고마워요."

"아닙니다. 제가 진작 4학년을 신청할 걸 그랬나 봅니다."

5학년을 신청해 놓고도 내심 마음이 불편했다. 드세다는 4학년 아이들에게도 부채감이 없는 게 아니었기 때문이다. 그 아이들 중 서른 명은 역시 내가 2년 전 맡았던 아이들이었다. 내가 그 아이들을 제대로 보살피지 못한 부분이 있을 터였다. 그러니

교감 선생님의 감사를 들을 일이 아닌 것이다.

4학년 아이들의, 3학년 때의 소문은 참으로 무성했다.

"그 반에서 갑자기 비명 소리가 들려서, 또 무슨 일이 터졌구나 싶어 달려가 보았더니 영찬이가 의자를 머리 꼭대기로 쳐들고 누군가에게 막 내던지려던 참이었어요. 무조건 달려들어 의자를 빼앗아 내려놓고 영찬이를 뒤에서 꼭 안은 채 복도로 데리고 나왔는데, 어휴, 나와서도 막 나를 뿌리치고 성질을 있는 대로 부리는데, 정말 대단한 녀석이더라고요."

3학년 1반이었던 연구부장이 고개를 절레절레 흔들었었다.

"교감 선생님, 제가 교직 경력이 30년이 넘는데 지금까지 저런 애들은 처음 봤어요. 나 도저히 못 해 먹겠어요. 지금 그냥 바로 퇴근하겠습니다, 아 이러지 뭐예요. 정말 황당해서 전화를 끊고 그 반으로 달려가 봤더니 수민이는 울고불고 난리고, 영찬이는 어떤 애 앞에서 고래고래 소리를 지르며 화내고 있고…, 아이고 난리도 그런 난리가 없습디다. 실무사님, 얼른 기간제 강사 공고 다시 올립시다."

"운동장 구기 수업이 끝나고 교실로 들어가는데, 영찬이가 갑자기 아무 상관도 없는 여자애한테 달려들어 신발주머니로 마구 폭행하는 거예요. 자기한테 공을 안 줘서 경기에서 졌다고요. 정말 당황스러워서 혼났어요. 맞은 여자애 어머님이 다행히 너그럽게 용서해 주셔서 망정이지…. 어휴, 정말 어처구니가 없었다니까요."

"학부모 공개수업이 막 시작되려는데, 갑자기 영찬이가 벌떡 일어나더니 소리를 고래고래 지르는 거예요, 자기 엄마한테요. 학부모 공개수업 참관 신청서를 내지도 않았는데 왜 왔느냐며 당장 나가라고 울부짖으며 난리가 났었다니까요, 결국 영찬이 엄마, 그냥 집으로 돌아가셨다는 거 아녜요."

영찬이는 바로 1년 전 2학년 1반, 그러니까 우리 반 아이였다. 2학년 때의 영찬이는 수학을 매우 좋아하고 자신 있어 하고, 수학 실력이 실제로 남다른 아이였다고만 기억하고 있었다. 그때는 다른 아이들의 부적응 행동이 훨씬 눈에 많이 띄었다고 생각했는데, 3학년이 되어서의 실상은 그게 아니었던 모양이었다. 아마도 내가 그때 영찬이를 세세히 살피지 못해서 그런 면모를 발견하지 못한 모양이었나 보았다.

3학년 아이들의 그런 유난스러움은 모든 반이 함께 겪어 온 문제로 이들을 4학년으로 승급시켜 반 편성하는 데 무척 애를 먹었다고 했다. 어떤 아이는 교실 수업을 잘 들어오지 않아 수업 시간마다 찾는 게 일이고, 또 어떤 애는 작은 일에도 참지 못해 다른 애들에 대한 폭력성이 짙고, 또 어떤 아이는 입이 거칠어 욕을 입에 달고 지내며, 심지어 선생님의 뒤통수에 대고 직접 욕을 해대기도 하는 아이들이었단다. 우는 걸 멈추지 않는 아이를 지도하는 것도 무척이나 괴로운 일이라 했다.

4학년을 맡기로 결정하고 나니 마음이 좀 편해졌다. 그래야 옳을 것이다. 속죄하려면 잘 지내고 있는 5학년 아이들이 아니라 4학년을 맡아 제대로 속죄를 해야 할 것이다. 그렇게 나는 2016년에 4학년 담임교사가 되었다.

밥

식당에서
밥 먹으려는데
머리카락이 나왔다

사람 먹는 음식에
이게 뭐냐며
주인을 꾸짖고는

밥
먹는 둥 마는 둥
쌩하니
식당을 나왔다

새벽을 서둘러
밥 먹으려는데
머리카락이 나왔다.

싱크대에 붙어 서서
물 젖은 아내를 보곤

얼른 식탁 밑에 버렸다.

밥 한 그릇
뚝딱 비우곤
아내에게 웃어주며
새 아침으로 나왔다

제2화 아이들을 만난 첫날

개학 2일을 앞두고 교실 칠판에, 아이들이 오면 읽을 편지를 정자로 또박또박 쓴다. 아이들의 마음이 많이 아프다니까 왠지 다른 해보다 더 살갑게 대해야 할 것 같았다.

학부모님께 드리는 편지엔, 내게 맡겨진 아이들을 어떤 생각으로, 무엇을, 어떻게 가르치며 지낼 계획인지 밝히기로 한다. 학부모님께 드리는 편지를 쓸 때마다 겸손해진다. 학부모도 학생의 대리자로서, 당연히 내게 '아이들을 어떻게 가르치겠는가?' 그런 것을 물을 권리가 있지 않은가. 그러니 내가 유권자에게 나의 계획을 먼저 밝히는 것은 도리에 해당할 것이다.

착하고, 아름답고, 슬기롭게 자라도록 가르치겠다고 쓴다. 남을 배려하고 예의를 지키며, 손 잘 씻고 이 잘 닦고, 음식을 고루 먹고, 열심히 잘 놀아 마음과 몸이 함께 건강한 아이로 가르치겠다고 적는다. 약속과 규율과 질서를 지키고 책임을 다할 줄 아는 아이로 가르치겠다고 쓴다. 조금 힘들어도 조금 더 노력해보고, 궁금한 것은 스스럼없이 물어보게 하고, 책을 많이 읽고, 친구들과의 토의토론 활동에 참여하게 하여 생각하는 힘을 길러 주는 교육을 하겠다고 약속한다. 순서로 보니 지덕체가 아니라 덕, 체, 지가 되었다.

지덕체(智德體). 따지고 보면 학교 교육의 본체가 그것이지 뭐 별거겠는가. 그걸 빼놓고 뭘 가르친단 말인가. 창의성 계발? 아무리 생각해도 지, 덕, 체가 먼저이지 싶다. 그걸 충실히 가르치는 게 초등교육의 진정한 목적이지 싶다. 학부모님께 드리는 편지는 결국 그 얘기가 되었다. 아이들 명단을 인쇄하여 안주머니에 넣는다.

대청소 순서다. 먼저 창문을 열고, 대형 청소기를 교실 구석구석 윙윙 끌고 다닌다. 물걸레가 될 만한 것을 빨아 아이들 책상, 칠판, 창틀, 신발장 순서로 닦는다. 여덟 번쯤 물걸레를 빤 것 같다. 물걸레를 빨 때마다 세면대에 물을 받아 몇 번이나 움켜쥐었지만 검은 물이 좀처럼 빠지지 않는다. 온수가 나오는 것은 다행이다. 본격적인 환경미화는 아니지만, 작년 교실에서 챙겨 온, 아직 쓸 만한 몇 개의 게시물을 몇 군데에 거는 등 요령을 피운 뒤 잠시 내 자리에 돌아와 앉는다.

해마다 3월의 첫날 아이들에게 들려주는 나의 개똥철학 '교실 민주주의'를 곱씹어 본다. 작년엔 학생의 배울 권리와 교사의 가르칠 권리, 학생의, 학습의 의무와 교사의, 교육의 의무에 관한 이야기를 아이들에게 어떻게 풀어냈었는지, 나만의 창고인, 내가 카페지기인 '인터넷 카페'를 열어본다.

소개팅

약속 시간
오 분 전
약속 장소에 있으면서도
나는 왜 이리 바쁜가?

집에서 나오기 전
열 번도 더한 빗질인데
머리카락 몇 올이 흐트러진 것만 같아
나는 또 거울을 보고 싶다

세탁해 아껴 둔 옷을 입고도
털 먼지가 자꾸만 눈에 띈다
손톱을 내려다보고
손등의 주름을 문질러 본다
바짓단에 스쳐
광택이 죽진 않았나
구두를 몇 번째 내려다본다
스마트폰을 두드려
뉴스를 열었지만
나는 열렸다 닫히는

카페 출입문에
더 자주 시선을 빼앗긴다

문득
이번엔 틀림없을 거라는 그녀가
무슨 색을 좋아한다고 했지?
무슨 음식을 좋아한다고 했지?
어디에 가는 걸 좋아한다고 했지?

약속 시간 오 분 전
나는 준비 된 게
하나도 없다는 걸
깨닫고 만다

제3화 학년 초 전략, 칭찬 폭탄 터뜨리기

3월에 잡지 못하면 1년 동안 아이들에게 잡혀 지내게 된단다. 1987년, 교직에 첫발을 내딛으면서 지금까지 만 30년 동안 들어온 얘기다.

나도 엄중해야 할 순간엔 누구보다 엄하게 아이들 앞에 서지만, 아이들과 함께 1년을 지내기 위한 3월의 전략으로 '엄중한 3월' 전략은 왠지 처음부터 별로 맘에 들지 않았다. 솔직히 그 전략은 내 것이었던 적이 없기 때문인지, 그런 전략이 강조될 때마다 왠지 낯설고 거북하다. 나 외에도 '엄중한 3월' 전략 대신 다른 전략을 가지고 계신 선생님들을 만날 때마다 유치하게도 그들에게 동질감을 느끼곤 한다. 하지만 이 '엄중한 3월' 전략이 여러 교실에서 큰 효과를 보고 있다는 말도 많이 들리고 있는 것으로 보아 전혀 무용한 전략만은 아닌가 보다.

하여간 3월의 내 전략은 '엄중한 3월'이 아니라 '자부심 키우기' 전략이다. 드디어 오늘, 3월 2일. 새 학년이 시작되는 첫날이다. 일년 중 가장 초롱초롱한 별빛 같은 눈빛들 앞에 선다.

"이 반 아이들, 왜 이렇게 조용하고 자세가 바르지? 내가 오학년 교실로 잘못 들어왔나? 눈빛이 오학년이나 육학년처럼 초롱초롱하고 반듯한 게 우리 반 맞나?"

새 학년이 되는 첫날이니 당연한 풍경이겠지만 나는 그렇게 처음부터 내가 기대하는 바를 아이들에게 알리며 칭찬을 쏟아낸다. 3학년 때 특히 소문이 나 있던 아이, 영찬이가 앞자리에 앉아 있는 게 눈에 띈다. 영찬이에게 잠깐 눈빛을 주고 다시 반 전체 아이들과 고루 눈빛을 나눈다. 아이들도 내 눈치를 살피느라 기대감과 경계심의 눈빛이 엿보인다. 아이들의 얼굴과 이름을 일일이 확인한 뒤에 아이들 앞에 한 발짝 성큼 나선다.

"삼학년 때만 해도 선생님 말씀에 자기도 모르게 끼어드는 습관이 있었던 아이들도 있었을 텐데, 사학년이 되면서부터는 당장 그 끼어드는 습관을 고치기로 한 모양이구나, 이렇게 조용하다니.

참 대견하다, 사학년 일반."

아이들에게 바라는 점을 연속적으로 흘리고 나서 내친김에 한 걸음 더 나아간다.

"이 정도 마음가짐이면 사학년 일반 아이들 중에선 화장실을 사용하고 화장지를 마구 풀어서 바닥에 팽개쳐 버리거나, 쉬는 시간에 복잡한 복도를 뛰어다녀서 지나가는 사람들에게 불편을 끼칠 친구들은 없을 것으로 보이는구나, 그렇지? 참 기특하다."

아직 아무것도 하지 않은 아이들이 칭찬받는다. 화장실 휴지 사용 문제와 복도에서 뛰는 아이들 문제는 초등학교 어느 학년이라도 늘 생활지도 거리다. 몇 마디 하지도 않았는데 종이 울려 쉬는 시간이 되었다.

아이들을 놓아주고 아이들의 모습을 살핀다. 아이들은 대부분 조금 전 내게 들은 소리가 있기 때문인지 교실을, 복도를, 조용조용 걸으며, 화장실에 얌전히 잘 다녀온다. 누군가 복도에서 뛰는 아이가 있다고 고자질하지만, 뛰었다는 아이를 불러서 꾸짖지 않는다. 종이 울렸고 다시 아이들 앞에 선다.

"조금 전에 복도를 다니는 여러분의 모습과 화장실 사용하는 태도에 대해서 보게 되었다. 한두 사람이 복도에서 뛰는 모습도 보였지만, 그 친구들도 선생님과 눈이 마주치곤 금방 뛰는 걸 멈추는 걸 보았다. 조금씩이라도 바뀌는 것은 칭찬받아 마땅하다고 생각한다. 선생님은 다시 한번 여러분이 멋진 친구들이라고 생각한다. 이런 마음가짐으로 첫 국어 수업 시간도 재미있게 시작할 수 있다고 생각한다. 선생님이 말하지 않았는데도 벌써 책상에 국어책을 꺼내어 펼친 친구들이 여럿 눈에 띈다. 과연 우리 반은 이렇게 대견한 반이었구나!"

국어 수업 중에도, 아이들의 목소리에 대해, 발표 태도에 대해, 듣는 태도에 대해, 의자에 앉아 있는 자세에 대해, 나를 바라보는 자세에 대해, 나의 칭찬은 끝이 없고, 아이들은 자신들도 모르는 사이에 정말 그런 아이들이 되어 앉아 있다. 하교 전, 다시 아이들 앞에 우뚝 선다.

"숙제가 있다. 집에 가서 부모님들께 오늘 학교에서 칭찬받은 것에 대해 낱낱이 다 말씀드리고, 부모님께 다시 칭찬을 받아 오는 것이다."

숙제라는 말에 잠시 어두워졌던 아이들의 얼굴이 다시 밝은 얼굴이 된다. 아이들이 모두 돌아간 빈 교실에서, 아침에 찍은 아이들 사진을 하나하나 들여다보며 내일의 칭찬을 계획한다.

길들이기

먹을 것은
길들이는 자의 권력이다.
먹을 것만으로도
어리석은 자를 깨우치곤 하는,
먹을 것도 때론 작디작은 선생이다.

달콤한 말은
길들이는 자의 기술이다.
귀에 넣어 준 달콤한 말로
야성이 십리 길을 얌전히 가게 하는,
달콤한 말도 작은 선생이다.

사랑스런 눈빛과 축복은
길들이는 자의 언어이다.
눈빛과 축복이 닿는 곳곳마다
무례와 불복이 다소곳해지는
사랑스런 눈빛과 축복은 선생이다.

길들이는 자는
끝내 물들이지 않는 자이다.

길들지 않는 자에 맞춰
낮게, 함께, 스스로 길드는,
굴복이 굴종이 아님을 아는 큰 선생이다.

길들이는 자는
모든 것을 길들이진 못한다는 것을
진정으로 알면서도
길들이는 자,
길들지 않는 자마저 품는 스승이다.

제4화 자부심 키우기 전략, 부모님과 연대하다

부모는 자기 자식 입에 밥 들어가는 걸 보는 게 가장 행복하단다. 그런데 선생이 되어서 보니까 이 말은 약간의 수정이 필요할 듯하다. 자식 입에 음식 들어가는 걸 보는 일이 행복하기야 하겠지만, 그보다 더 행복한 것은 '자식 귀에 칭찬 들어가는 것'이지 싶다.

영찬이가 3학년 때, 체육 시간 게임형 경기를 마치고는 경기 결과가 분해, 신발주머니를 마구 휘두르며 앞을 가고 있는, 경기와는 아무 관계도 없는 한 여자아이를 마구 폭행했다는 이야기를 들은 적이 있다. 다음 시간이 체육 시간이었으며, 주제는 게임형 경기이다. 국어 시간을 5분 먼저 마무리하고, 5분 동안 체육 시간 수업에 대해 미리 안내한다. 영찬이 때문이라도 경기에 바르게 참여하는 자세에 대한 잔소리를 펼친다.

"선생님은 이긴 편에게 높은 점수를 주지 않는다. 진 편이라고 나쁜 점수를 주지 않는다. 이긴 편 진 편이 아니라 열심히 한 친구에게 높은 점수를 준다. 뜻대로 잘 안 되지만 그래도 끝까지 잘해 보려고 열심히 뛰는 학생에게 높은 점수를 준다."

아이들에게 묻는다.

"누가 성숙한 4학년일까? 1번, 경기에서 졌다고 무조건 화를 내는 친구. 2번, 경기를 잘하지 못한 자기 편 친구에게 화를 내는 친구. 3번, 자기에게 패스를 하면 이길 것 같았는데 자기에게 패스가 몇 번 안 되어서 졌다고 생각하며 자기 편 전체한테 마구 화를 내는 친구. 4번, 경기는 잘 될 때도 있지만, 경기란 이길 수도 있고, 질 수도 있으며, 누구는 운동에 소질이 있고, 또 누구는 운동에 소질이 없지만, 항상 운동에 소질이 있는 친구하고만 편을
먹는 것이 오히려 더 불공평한 것이라고 생각하는 친구. 그래서 경기를 이기거나 지거나 큰 상관이 없다고 생각하는 친구. 자, 몇 번이 성숙한 4학년이라고 생각합니까? 손가락으로 번호를 표해 손들어 봅시다."

당연히 모든 아이들은 4번에 손을 든다. 한 마디 덧붙인다.

"선생님은 우리 반 친구들 모두가 바로 4번과 같이 성숙하고 세련된 친구들일 거라고 생각합니다. 맞습니까?"
"네."

아이들을 운동장으로 이끈다. 운동장에서 아이들의 경기를 관리하면서 영찬이를 유심히 살핀다. 불만이 좀 있어 보인다. 뛰어가서 영찬이 곁으로 접근한다.

"영찬이한테 공이 잘 패스가 안 되는데도 끝까지 열심히 뛰네."
영찬이가 얼른 표정을 고치고 공을 향해 달려간다. 종이 울리자마자 호루라기를 불어서 경기를 끝낸다. 아이들이 정리 체조를 위해 모여든다. 아이들에게 한마디 칭찬을 안겨준다.

"역시 4학년 1반은 뭐가 달라도 다르구나."

간단히 정리 체조를 한 뒤, 체육 시간을 강평으로 마무리한다.

"오늘 선생님은 우리 반 모두의 성숙한 모습을 보게 되어서 무척 기분이 좋다. 이긴 편도 진 편에 잘난 체를 하지 않고, 진 편도 결코 경기에 대해 불만을 말하거나 경기 결과에 대해 핑계를 대지 않고 멋지게 지는 모습을 보여주었다. 선생님은 그게 무엇보다도 대견스럽다. 다음 시간은 사회 시간이다. 교실에 들어가자."

아이들이 하교하고 난 뒤 영찬이 부모님께 메시지를 보낸다.

'3학년 때는 영찬이가 승부욕이 대단해서 체육 시간이 끝나고 나면 아이들과 다투는 일까지 있었다고 들었는데, 오늘은 경기 결과에 대해 승복할 줄도 알 정도로 정신적으로 크게 성장한 모습이 대견합니다. 또한 체육 시간 내내 경기가 잘 안 풀리는데도 매우 열심히 공을 쫓아다니는 등 성실성이 남다른 아이입니다. 친구들도 영찬이를 달리 보는 눈치입니다. 부모님께서도 칭찬해 주시면 감사하겠습니다.'

그 이후는 영찬이 부모님이 다 알아서 하실 것이다. 왜냐하면 부모란 세상 그 누구보다 자식을 제대로 칭찬하는 존재일 테니까 말이다.

엄마라는 꽃

아이도 꽃이지만
엄마도 꽃.

먹는 것만 보아도
피어나는 꽃

자는 것만 보아도
피어나는 꽃

첫걸음 떼던 때
인생이 통째로 흔들리던 꽃

아이 예쁘단 소리에
행복까지 피는 꽃

그런 아이가
품속으로 입원해 올 때.

온 사랑을
탕진하며 시드는 꽃.

'엄마' 부르는 소리에
다시 활짝 피어나는 꽃

제5화 수학 영웅 만들기

출근할 때부터 영찬이 얼굴이 궁금했는데, 가방을 메고 교실에 들어오면서부터 녀석은 과연 싱글싱글 웃는다.

"영찬이 기분 좋은 일 있나 보다?"

"아니에요."

"좋은 일 있구먼, 뭘. 엄마한테 칭찬받았냐?"

"네. 칭찬받긴 받았어요."

"그게 좋은 일이지. 기분 좋을 만하네, 영찬이."

히죽거리는 녀석에게 응원 한 마디를 더 얹어 준다.

"아침부터 그리 기분이 좋으니, 영찬이가 오늘은 화낼 일 없을 테고…, 좋은 일 많겠네, 오늘."

다음 아이가 들어온다. 두성이다. 두성인 티 없이 맑긴 한데 수학 기초가 너무 없는 게 안타까운 아이이다. 혼자 속으로 혀를 차다가 문득 생각 난 바가 있어 녀석을 부른다.

"왜요, 선생님."
"수학책 좀 가져와 볼래."

녀석이 썩 내키지 않는 몸짓으로 느릿느릿 수학책을 챙겨 들고 다가온다.

"널 오늘 수학 영웅으로 만들어 주려고 그래."
"네?"
"오늘 여길 공부할 거거든."

오늘 배울 쪽을 펴고 녀석의 눈을 한 번 바라본다. 두성이는 꽁무니를 빼고 싶은 눈치다.

"큰 수를 읽는 법인데, 사실 간단해."

여전히 녀석은 자신이 없는 눈치다.

"큰 수 읽기는 사실 간단하다니까. 다섯째 자릿수마다 만, 억, 조 이런 글자가 붙는 거야. 그러니까 45235는 뒤에서부터 다섯째 자릿수인 4위에 '만' 자가 붙어서 4만 5천 2백 3십 5가 되는 거지."

두성이가 가만 내 손가락과 내 얼굴을 번갈아 본다. 뭔가 알 것 같은가 보다.

"그럼 612345231란 숫자를 보자고. 뒤에서부터 다섯째 자리 숫자인 4에 '만' 이란 말이 붙고, 다시 4부터 세어 올라가면 6이 다섯째 자리 숫자니까 6에다가 '억'을 붙이면 끝이라니까. 그럼 읽어 볼까?"

그래도 자신 없어 하는 두성이의 수학책에 직접 숫자 '4' 위에 '만', '6' 위에 '억'이라 써 주고 읽어 보라 한다. 역시 머뭇거린다.

"그냥 네 자릿수는 몇 천 몇 백 몇 십 몇, 이렇게 읽지? 참, 네 자릿수는 읽을 수 있니?"

""네."

"그럼, 여기 네 자릿수 '5231'만 읽어 봐."

"오 천 이 백 삼 십 일이요."

"그래, 그럼 그 위의 네 자릿수 '1234'는 뭐라고 읽어?"

두 엄지손톱으로 나머지 숫자를 가려 준다.

"천 이백 삼 십 사요."

“그래, 그렇게 읽고 끝에 '만' 자를 붙이는 거야. 한번 말해보자. 처언 이 배액 삼시입 사아… 만.”
여전히 자신이 없는 두성이의 입을 보며 수읽기를 독려한다.
“선생님과 함께 읽어야 돼, 시이 자악-. 천 이 백 삼 십 사 만. 그렇지, 그 뒤도 계속. 오천 이백 삼십 일. 그래 잘했다, 바로 그렇게 읽는 거야.”

녀석이 한 고개 넘었다는 듯 크게 훌쩍 숨을 들이켠다.

“그럼, 그 앞의 숫자 6억까지 붙여서 다시 한번 선생님과 함께-, 시이 자악. 육억 천 이백 삼 십 사 만 오천 이백 삼십 일. 그렇지, 그렇지. 너 정말 큰 수 박사 되겠네. 잘했다, 잘했어. 확실히 알았지? 그럼 수학 시간에 보자.”

어느새 영찬이가 곁에 와 있었다. 영찬이는 수학 박사로 통한다.

“영찬아, 남은 세 문제는 영찬이가 도와준다. 문제 당 아몬드 한 알, 어때?”

2교시가 수학 시간이었으나, 두성이는 칠판에 제시된 수를 읽어 보겠다고 손을 들지 않는다. 그렇지만, 나는 무조건 첫 번째 발표자로 두성이를 시켰고, 두성이는 더듬거리며 백만 단위의 숫자를 기어코 읽어낸다. 아이들과 함께 우레와 같은 손뼉을 쳐주었고, 오늘의 수학 공부는 두성이 때문에 우리 모두가 큰 수를 읽는 방법을 알게 된 것 같다고 두성이를 높이 띄운다. 그다음 숫자를 누가 읽어도, '두성이가 네 자리를 넘을 때마다 '만', '억', '조' 라는 말이 붙는다는 걸 알려 줘서 우리 모두가 더 잘 알게 된 것 같다'고 또 띄운다. 다행히 수학 박사급(?) 아이들이 나의 그런 태도에 딴지를 걸지 않고 두성이 칭찬에 합류해 준다. 기특한 녀석들이다. 두성이 녀석이 다시 칠판에 제시된 수를 읽는다. 맞았다. 두성이의 얼굴에 비로소 웃음이 피어난다. 한 문제 더. 또 제대로 읽는다. 아이들의 박수가 터지고, 두성이 녀석의 얼굴에 웃음이 크게 번진다. 비로소 다른 아이들에게도 기회를 넘긴다. 아이들의 손이 침엽수림처럼 뻗어 오른다.

"오늘 수학 시간의 주인공은 뭐니 뭐니 해도 두성이다, 그렇지? 두성이와 오늘 공부를 잘한 우리 모두에게 박수."

아이들을 모두 보내고 두성이 어머니께 문자 메시지를 넣는다.
'두성이가 백만 자릿수를 잘 읽어서 오늘 수학 시간에 칭찬받았습니다. 집에서도 한 번 4267754을 종이에 써 주시고 읽어 보게 하시고, 제대로 잘 읽으면 크게 칭찬하여주시기 바랍니다.'

두성이가 집에서 부모님께 칭찬받았는지 확인하는 걸 잊지 않기 위해 컴퓨터 모니터에 '박두성' 이름을 적은 포스트잇 스티커 한 장을 붙여 두고 퇴근한다.

개망초꽃

삼월 사월
진달래가 왔다 가고
개나리가 왔다 가고
산수유가 왔다 가고
벚꽃 축제가 왔다 가고

서로 앞서거니 뒤서거니
우르르 와서
서로 앞서거니 뒤서거니
우르르 가고

수양버들 잎새 푸르고
논들 푸르고
강변 풀머리도
푸르기만 할 때

뒤늦게 서두르다
엎지르듯 피어난 꽃
푸르름 위에 쏟아진
개망초 하얀 꽃송이들

저 혼자 좋아서
건들건들 흔들리는
초여름 늦은 꽃망울들

제6화 아몬드 한 알

세 번째 작전, 아몬드 한 알. 모든 아이에게 아몬드 한 알씩을 주는 것이 오늘의 작전이다. 아이들에게 한 명도 빠짐없이 한 알씩의 아몬드를 나눠 주려면, 아이들이 어떤 미성숙한 행동을 보여도 만회될 만큼 칭찬을 쌓아야 한다. 그게 오늘 나의 숙제다. 첫날부터 사용한 칭찬 사다리를 활용하기로 한다.

"오늘 우유 당번 친구들이 왜 이렇게 성실해 보이냐? 두 칸을 올려 줘야겠네."

"우경이는 마음을 바르게 가다듬으려고 하는가 보네. 자기도 모르게 책상 줄을 반듯하게 맞추다니, 한 칸."
우경인 사실 그냥 의자를 움찔했을 뿐이었다.
"그렇지, 그럴 줄 알았다. 이 정도는 돼야 4학년 1반이랄 수 있지, 보경이가 미처 준비물을 가져오지 못한 선태에게 색연필을 빌려주네. 사다리 네 칸."

우경이가 우유 상자에 먹은 우유 팩을 던져 넣다가 실패하곤 내 눈치를 보더니 얼른 나와서 다시 주워 넣는다.

"얼른 잘못을 인정하는 그 태도가 맘에 든다. 고우경, 다음엔 우유팩 상자에 던져 넣지 않을 거지?"
"네."
"사다리 한 칸."
"오늘 쉬는 시간 우리 교실 앞 복도가 다른 날보다 더 조용한 것 같구나. 그건 여러분이 복도를 조용조용 걸어 다닌다는 뜻이겠지? 네 칸이다."
"세상에, 글씨를 이렇게 반듯반듯 정성 들여 쓰는 친구가 있다니, 인결이는 우리 반 모두에게 바른 글씨의 아름다움을 일깨워 주는구나, 쉬는 시간에 모두 와서 인결이의 공책 좀 보아라. 두 칸."
"오늘 점심시간에 우리 반 친구들이 급식실에서 가장 바른 자세로 차례를 기다리고, 음식도 골고루 먹더구나, 다섯 칸."

온종일 계속된 칭찬의 융단 폭격은 결국 모든 분단의 칭찬 사다리를 구름 위로 쑥 밀어 올렸다.

"모두들 가방을 메고 자리에서 일어서라. 그리고 손을 벌려라. 오늘은 선생님이 여러분에게 한 알의 씨앗을 심을 것이다. 물론 이 씨앗은 여러분이 입으로 먹어서 여러분의 몸속에 심는 씨앗이다. 바로 '우린 꽤 괜찮은 아이들이로구나' 하고 깨닫게 하는 씨앗이다. 단 한 알 뿐이지만 맛있게 먹어라."

아이들의 얼굴이 기대감으로 밝아진다.

"선생님, 더 주시면 안 돼요, 한 알은 쫌 그렇지 않아요?"

가란이가 애교를 떨었지만, 윙크로 받아넘긴다.

"사실은…, 두 알은 맛없다. 딱 한 알이 맛있는 거야."

아이들이 아몬드 한 알을 받으면서도 꾸벅꾸벅 '감사합니다.' 인사를 거스름돈으로 되돌려준다. 아이들을 그렇게 다 보내고 나니 내 기분이 더 좋다.

기도

어제 따뜻했듯이
오늘도 따뜻하게 하소서
오늘 따뜻하듯이
내일도 따뜻하게 하소서

어제의 내 별에
연둣빛 생명이 싹트고
오늘의 내 별에
키가 우쭐 자라게 하소서
내일도 따뜻하여
푸른 잎새도 줄기도
튼실하게 하소서

모레도 글피도
바라옵건대,
내가 저들에게
모진 우박이 되진 말게 하소서

간혹 병고에 시달리는 푸성귀에
정신 번쩍 드는

비바람이라면 몰라도

저들의 푸른 잎새를 찢는
우박은, 우박은
꿈도 꾸지 말게 하소서.

제7화 말의 칼, 말의 똥

3월은 아무래도 학생들의 기본 생활 교육이 중요한 시기이다. 아이들과 학급 규칙을 세우고, 단단히 약속도 하고…, 그렇지만 나는 그것으로도 부족함을 느껴 '훈화'라는 명목의 잔소리를 많이 늘어놓는 편이다. 아이들의 언어생활 면에 무게를 많이 두는 편이다. 시기도 서두른다. 아이들의 거친 말, 욕설이 아직 내 귀에 들리지 않는 3월 첫 주에 바로 아이들 앞에 설 때다.

칠판에 인격(人格)이라고 쓰고 '사람으로서의 품격', '사람의 됨됨이'라고 풀이해 준다. 비슷한 말을 하나 더 쓴다. '인품(人品)- 사람으로서의 품격, 품위'. 아무 말도 하지 않고 TV를 켠다.

귀여운 아기 사진이 나타난다. 아이들이 귀엽다고 난리다. 다음 장면은 엄마가 아기에게 입맞춤하는 사진이다. 아이들에게 사진이 어떠냐고 묻는다. 아기가 예쁘다, 귀엽다. 사랑스럽다, 아기를 사랑하는 엄마의 마음이 느껴진다…, 아이들의 순수함이 스스럼없이 표출된다. 예쁜 것을 예쁘다고 말하고, 귀여운 대상을 귀엽다고 말하는 것은 당연하니까. 이제는 호소의 시간이다. 사실 마땅한 일화를 발견하지 못했을 때의 나의 훈화는 호소에 가깝다.

"선생님은 지금 보고 있는 이 장면이 세상에서 가장 귀하고 사랑스런 장면 중의 하나라고 생각한다. 특히 저 아기의 입술이 너무나 예쁘고 귀엽구나. 저 입술 사이로 나오는 옹알이 소리는 얼마나 귀여울 것이냐, 웃음소리는 또 얼마나 예쁘겠냐?"

아이들 중 내 생각에 반대하는 눈빛은 하나도 없다.

"저 아기의 입술처럼, 여러분의 입술도 태어날 때부터 저렇게 귀엽고 예쁘고 사랑스러웠을 것이다. 지금까지도 여러분의 부모님께 여러분의 입술은 세상 그 무엇보다 예쁜 꽃송이일 것이다."

아이들의 눈빛이 순하다. 이때다. 느닷없이 아이들에게 일격을 가한다.

"그 입에서 나오는 소리가 욕설이어서야 되겠습니까? 저 고운 입에서 다른 아이를 흉보거나 헐뜯는 소리가 나오면 되겠어요?"
"아니요."
아이들의 목소리가 조그맣다. 한 차례 더 공격을 잇는다.

"옛날부터 우리 조상들은 바르고 고운 말을 후손들에게 가르쳐 왔다. 그런데 지금의 우리는 별로 그걸 잘 실천하지 않는 것 같다. 솔직히 말하면, 선생님은 누군가가 선생님이 보이지 않는 데서 지껄이는 욕설을 지나가면서 들을 때가 적지 않다. 누군가를 흉보거나 헐뜯는, 은밀한 목소리를 들은 적도 있다. 그럴 때마다 선생님은 그 말소리 쪽으로 고개를 돌리곤 하지만 그런 말을 한 사람을 정확하게 짚어내지 못하는 경우가 대부분이다."
아이들은 모두 굳게 입술을 닫고 있다. 세 번째 공격이다.

"욕은 말의 칼, 헐뜯거나 흉보는 말은 말의 똥, 나는 그렇게 생각한다. 여러분의 그 귀한 입에서 남을 해치는 칼날이나 똥이 나와서 되겠냐? 말의 칼인 욕을 상대방에게 던지면, 상대방에게서도 그 날카로운 것이 날아온다. 남을 헐뜯거나 흉보는 말은 똥이라고 했지? 그 더러운 것을 입에 담는다는 것은, 결국 그 입을 똥통으로 만들고 만다는 거 아니겠냐? 그런 나쁜 말을 뱉어낸다면 그 입이 더러워지는 것은 물론, 그 말을 듣는 사람의 기분까지 더럽히고 말게 된다. 명심해라, 남을 헐뜯거나 뒤에서 흉보는 말은 똥이라 했으니, 입에 담는 순간 자신부터 더러워지고 만다는 것을."

아이들 몇몇이 '똥'이란 소리에 풋풋 입을 막고 웃었지만, 대부분의 아이들은 진지하다. 억지소리를 더 잇는다.

"나는 여러분이 매일 같이 칫솔질로 이와 입속을 깨끗이 할 때마다, 나쁜 말의 찌꺼기도 닦아내면 좋겠다."

정리할 때다.

"사람이 인격을 모독하거나 인품을 손상시키는 것은 거친 말, 욕설, 뒤에서 헐뜯기, 너희들은 그걸 뒷담화라고 하지? 이제 이런 것 다 그만두자. 너희들의 예쁘고 귀한 입으로 거친 말을 하지 말자는 것이다, 앞에서나 뒤에서나 남을 욕하거나 헐뜯지 말자는 것이다. 선생님과 약속할 수 있겠나?"
"네."

아이들이 대답이 힘차다.

다소 과격한 말을 쏟아내고 나니 목이 칼칼하다. 억지 주장을 편 것 때문인지 마음도 좀 켕기는 오후인데, 연둣빛 완연한 바깥 봄 풍경은 귀엽기만 하다.

상처

하늘을 떠받치는
거목이 된
용문사 은행나무도

부러진 가지
도끼 자국으로
흉진 상처
정미년 절이 타는 걸 보던
불에 덴 가슴이

지금껏
쓰리게
잊히지 않는다

제8화 다른 사람의 권리를 침해하지 말라

두 소수의 크기를 비교하는 방법에 대한 설명 중인데 연수가 수정이와 깔깔거리며 소란을 피운다. 넘겨다보니 연수가 무슨 그림을 수정이에게 보여주며 웃고 떠드는 것이다. 수업을 멈추고 두 아이를 일으켜 세웠다. 연수와 짝인 세운이에게 물었다.

"연수와 수정이가 깔깔거리는 동안, 선생님의 설명이 잘 들렸니?"
"안 들렸어요."
세운이가 연수에게 입을 삐죽거렸다.
"동훈이도 일어서라."

동훈이는 연수에게서 세 명을 건너뛴 자리에 위치한 아이다.

"동훈인 선생님 설명 잘 들렸니?"

"아니요, 걔네들 떠드는 소리 때문에 못 들었어요."

세훈이와 동훈이의 대답을 듣고 난 뒤에야 연수와 수정이에게 묻는다.

"너희들의 행동이, 선생님의 수업과 친구들에게 미친 영향에 대해 너희들의 입으로 말해보아라."

"알았어요, 죄송합니다."

불만쟁이 연수가 순순히 인정한다.

"죄송합니다."

수정이도 동의한다.

두 아이가 인정하니 이쯤에서 마무리하고 수업을 잇는다. 우리 교실에서 이런 일이 늘 있진 않지만, 그래도 가끔 되풀이되는 교실 풍경이다. 아이들이 아직 어린 까닭일 것이다.

"그 정도로 부드럽게 말해도 아이들이 들어요?"

연구실에 수업 자료를 챙기러 온 동료가 의아하고 부럽다는 눈빛으로 물었지만, 종이 울려서 짧게 웃음으로 대답하고 부러움을 등으로 받으며 교실로 돌아온다.

다른 선생님처럼 나에게도 3월은 중요한 시기이다. 3월은 아이들에게 나의 학급경영의 논리를 세우는 달이기 때문이다. 나의 학급경영의 또 하나의 논리는 '다른 아이의 권리를 침해하지 말자'는 것이다. 이 논리는 철저히 합리적이어야 할 뿐만 아니라, 그 합리성에 대해 만장일치 동의가 필요하므로, 3월이 되기 전, 2월 말쯤부터 점검에 점검을 거듭하곤 한다. 이 논리를 축약하자면 '민주시민 의식' 쯤이라고 할 수 있겠다.

내가 학교 안에서의 민주시민 의식을 논할 땐, 우선 학교 사회를 구성하는 학교 시민(?)의 범위를 명확하게 하는 데서 출발한다. 나는 보통 학교에서 생활하는 모든 사람을 학교 시민이라고 규정하고, 아이들이 이를 동의하도록 설득한다. 그러니까 학생, 교사, 교감 선생님, 교장 선생님, 행정실 근로자들, 교무실 실무사, 과학실 실무사, 도서실 사서 선생님, 경비 할아버지, 급식실에 종사하는 모든 분들, 유치원에 근무하시는 모든 분들, 화장실 용역 아주머니, 돌봄교실 전담사, 가끔씩 충원되는 기간제 선생님, 운동부 코치 선생님…. 학교에 근무하는 모든 분들과 공부하는 학생들 전체를 다 포함하는 것이다. 이들 모두를 동등한 학교 시민(?)으로 규정하고, 이 범위에 대해 학생들의 동의를 구하는 것이다.

그러니까 학교는 학교에서 생활하는 모든 사람이 다 똑같은 주인이라는 데까지 합의한다. 여기까지는 합의사항이며 나머지는 설명과 설득이 필요한 사항이다.

모두가 학교의 주인이므로 모두가 다 똑같이 학교에 대한 권리가 있다. 단, 자신의 권리를 넘치게 행사하면 다른 사람의 권리를 침해하게 되는데 그러한 것은 민주시민으로서 바른 태도가 아니라는 것, 다른 사람의 권리를 해치는 일을 하면 오히려 그 사람의 권리가 제한된다는 것을 아이들이 이해할 수 있는 말로 일일이 설명하고, 설득하는 것이다. 당연히 민주사회가 온전히 잘 유지되려면 민주시민 각자가 민주사회, 즉 학교에 대해, 민주시민 서로에 대해, 꼭 지켜야 할 의무가 있다는 것은 당연한 사항이고, 의무는 때로 예의와 통한다는 것도 틈틈이 깨우쳐 줄 과제이다. 어쨌든 오늘은 권리에 대해서만….

가령, 한 사람이 수업 시간에 수업과 상관없이 큰 소리로 떠드는 것은 다른 모든 사람이 수업을 열심히 들으려는 권리를 해친 경우이니 꾸지람을 듣게 되는 것이라는 것. 소란을 피운 것 때문에 선생님의 꾸지람을 1분간 들었을 때, 반 아이들이 20명이었을 경우, 한 사람이 떠들어서 그 반에 끼친 피해의 총량은 20분, 30명 한 학급이라면 30분가량이라는 논리가 가능하다. 큰 소리로 떠든 행동의 다른 의미도 꼭 짚어 준다. 바로 교사의 잘 가르칠 권리 1분까지도 침해한 것으로 보아야 한다며, 의미의 확대경을 대어주는 것이다.

이런 논리를 만들어 가는 과정에서 다소 어려운 과정이 남았다. 그렇게 다른 사람의 권리를 침해한 아이를 어떻게 관리할 것이냐는 문제다. 아이들에게 묻지만, 아이들의 의견이 내가 속에 품은 의도로 흐르도록 '사회자' 역할을 하는 척해가며 몇 가지 규칙을 아이들과 함께(?) 도출한다.

먼저, 단순한 잘못에 대해서는 그때그때 선생님이 경고하여 일깨워 준다.

둘째, 잘못된 행동이 수업에 방해가 될 정도일 경우, 그리고 간단한 잘못일 경우, 아이들에게 물어서 어떤 피해가 있었는지 스스로 알게 한다. 오늘의 연수와 수정이의 경우가 여기에 해당한다.

셋째, 다소 소란이 큰 잘못에 대해서는, 선생님이 엄중하게 행동을 멈추게 한 뒤, 잘못한 아이가 스스로 자신의 잘못된 행동이 일으킨 피해를 생각해 내서 말하게 한다. 그런 뒤에 잘못에 대해서 용서를 구한다. 이때는 다른 피해는 더 없었는지 다른 아이들에게 다른 불편했던 사항은 없었는지도 확인한다.

넷째, 과도한 행동을 멈추지 않을 경우는 마음을 가꾸는 '명심보감' 과제 하기(이 부분은 과도할 경우 도리어 인권침해 소지가 있어 거의 사용하지 않는다), 그래도 듣지 않을 경우 학부모 상담을 통한 지도 등의 네 단계를 마련한 것으로 완료하였다.

이쯤 아이들을 지도하는 논리를 갖춰 놓고 아이들과 자주 확인한다. 이젠 아이들끼리도 이런 논리로 서로의 잘잘못을 따지고, 또 그러한 논리를 수용하곤 하는 모습을 보면 피식피식 웃음이 나곤 한다. 자기들끼리 이런 논리가 통하지 않을 경우, 비로소 아이가 쪼르르 다가와서 내게 하소연한다.

"선생님, 태원이가 허락도 없이 내 색연필 가져가서 안 줘요."

그러면 나도 한마디 해야 한다.

"태원아, 얼른 돌려줘라."

태원이는 장난이 더 통하지 않게 되자, 수연이에게 색연필을 던져 주고, 수연이는 태원이에게 눈을 하얗게 흘기곤 사태가 마무리된다.

쉬는 시간 일대일의 의견충돌이나 다툼으로 관계가 거칠어지는 경우에 대비한 별도의 논리는 있다. 바로 공자님의 말씀이다. '반대로 네가 그런 말을 들었다면, 네 기분은 괜찮았을까?', 반대로 얘가 너를 '툭' 치고 달아났다면 넌 기분이 어땠을까? 거꾸로 누군가 네게 들릴 듯 말 듯 하게 네 흉보는 것을 들었다면 네 기분은 어땠을까?' 바로 '네가 하기 싫은 일은 남에게도 하지 말라'는 공자님 말씀을 근거로 펼치는 나의 논리이다. 이 논리를 아이들 사이의 문제 해결 방법으로 한 단계 더 발전시킨다.

'그래, 그러면 그렇게 마음을 다친 세영이한테 너는 어떻게 해야 한다고 생각하니?', '너의 그런 행동 때문에 괴로웠다는 세영이한테 어떤 약속을 줄 수 있겠니? 생각한 대로 해 봐, 선생님이 증인이 되어 줄게.'

할머니와 환삼덩굴

남의 등에 올라타
목 조르고
할퀴고
아주 짓눌러 못살게 하고

잎은 별꽃처럼
펼치고 있으면서…,
이젠
남의 밭까지 들어오니?
남 괴롭히면 못써

할머니,
끝까지 까칠하게 구는
환삼덩굴을
밭두둑에서
질질 끌어내신다

제9화 폭력 퇴치

3월은 아이들이 기대와 긴장과 주의를 추스른 채 분위기를 살피는 시기이다. 분위기란 사실 담임선생님의 아우라(Aura)를 말한다고 해도 과언이 아니다. 선생님이 말랑말랑하고 엄한 정도에 따라서 학급의 분위기가 정해지기 때문이다. 이 때문에 많은 선생님들이 이 시기를 아이들을 '꽉 잡아야 하는' 시기로 인식하고 있는 것이리라. 그러나 나는 앞에서 밝힌 바와 같이 아이들을 엄하고 너그러운 정도의 강약으로 아우라를 만들고 싶지는 않다. 그럼에도 불구하고 나의 3월도 일면은 엄중하다. 아이들 간의 폭력적 사태를 사전에 최대한 예방하기 위함이다. 나는 아이들에게 신체적 폭력

행위에 대한 나의 인식을 아이들도 똑같이 공유하기를 바란다. 이 때문에 나의 첫 인권교육은 더욱 엄중하기만 하다.

"세상 만물 중에 인간이 가장 귀하다. 옛 조상들의 가르침인데 구구절절 맞는 말씀이다. 세상의 모든 사람은 저마다 각각 누군가의 가장 귀한 존재인 것이다. 여러분 모두 다 그렇다. 이걸 바르게 알아야 한다. 내가 귀하고 소중한 만큼 다른 사람도 똑같이 귀하고 소중한 존재이다. 옆의 짝꿍을 보아라. 바로 그 사람이 누군가의 가장 소중한 사람이라는 것이다. 여러분의 부모님은 여러분의 얼굴에 난 상처나 코피를 흘리는 모습을 보면 참지 못하실 것이다. 너무너무 화가 나서 견딜 수 없어 하신다는 점을 알아야 한다. 너희가 함부로 때린 그 아이가 그 부모님에게는 세상 전부를 주어도 바꿀 수 없을 만큼 소중한 자식이라는 점을 잊지 말아라."

서막부터 인권교육 시간만 되면 나는 폭풍 잔소리꾼이 된다. 나는 나의 폭력에 대한 분노가 처음부터 아이들의 가슴에 엄중한 경고로서 강타되길 바란다.

"사람은 누구나 인간으로서의 권리를 가진다. 그걸 줄여서 인권이라고 하는 것이며, 인권은 그 누구로부터도 침해받지 않아야 하며, 침해하지 않아야 한다. 인권침해는 가해자가 어린이든 어른이든 똑같이 범죄 행위로 규정되는 것이다. 학교에서 벌어진 폭행 사건이라도 결코 용서되지 않는다. 폭행의 가해자는 승자가 아니라 처절한 패배자가 되는 것이며, 자신만 패배하는 것이 아니라 자기 부모님까지도 피해 학생의 부모님께 무릎 꿇고 사죄해야 하는, 자식 교육의 패배자로 만드는 것이다. 이보다 더 큰 불효가 있겠느냐? 만약 가해자의 부모가 사죄하지 않는다면, 너희들로선 생각도 할 수 없을 만큼 문제가 커질 수도 있다."

아이들이 눈동자를 깜박거리는 것도 잊은 듯 긴장한 분위기가 완연하다. 아무 짓도 하지 않은 아이들에게 과격하다 싶지만, 나는 멈추지 못한다.

"만약 가해자가 만 14세 이상이면, 그러니까 중학교 2학년쯤이면, 경찰에 고발되어 수사를 받고, 심하면 형사처벌 될 수도 있다."

아이들의 눈동자에 겁이 서려 있다. 이쯤에서 '법'이 아니라 '인간'으로 전환해야 한다.

"처벌이 아니더라도 인권은 존중되어야 하지 않겠습니까? 누군가에게 얻어맞으면, 아픈 것은 물론이고 얼마나 자존심 상하고 속이 상하겠습니까? 자기를 때린 아이에 대한 미워하는 마음과 분한 마음이 얼마나 크겠습니까? 그런 일이 없었으면, 그 아이는 틀림없이 다른 친구하고 깔깔거리며 그 시간이 한참 즐거운 시간일 수도 있었을 텐데 말이죠. 누군가에게 얻어맞았다는 것 때문에 마음이 온통 분하고, 밉고, 자존심이 상해, 복수하고 싶은 생각이 불길처럼 치솟는 지옥이 되어 버리지 않겠느냐 그런 말이지."

아이들은 아무도 말도 미동도 하지 않는다. 시간이 많이 지났다. 정리해야 한다.

"아무리 나를 화나게 했더라도 때리지 마세요. 왜냐하면, 어린이들 사이에서 있을 수 있는 일 중에선, 세상에서 제일 나쁜 말보다도 신체 폭행이 훨씬 더 나쁜 것이기 때문입니다. 지난번까지 열 번이나 놀린 것을 참아왔는데, 또 놀려서 이번엔 도저히 참을 수 없어 때렸다고 해도, 우선 그 '때린 사람'이 엄청나게 먼저 혼나게 될 것입니다. 왜냐하면, 그건 신체 폭력이기 때문입니다."

"선생님."

손 하나가 올라왔고, 손의 주인공은 영찬이었다.

"그럼, 친구가 자꾸만 놀리면 억울해서 어떻게 해요?"

"어떻게 해야 할까?"

내 생각을 밀쳐 두고 아이들의 생각을 물었다. 아이들은 그럴 때 어떻게 하는지 궁금했다. 내가 아이들에게 되묻자 여러 개의 손이 올라왔다.

"선생님께 일러."

내가 누굴 시키기도 전에 영태가 말했다.

"소담이는 어떻게 하겠니?"

소담이가 자리에서 일어섰다.

"저는 선생님이나 엄마한테 상담 신청할 거예요."

"솔직히 저는요, 친구한테 의논할 거 같아요."

소담이의 발표를 이어 아이들이 여러 가지 방법을 내놓았고, 그 의견들을 칠판에 받아 적었다. 어느 정도 칠판에 아이들의 의견이 찼고, 아이들은 잠시 웅성거리며 각자 자기에게 맞는 방법을 꼽았다.

"선생님은 우선 선생님이 알았으면 좋겠다. 물론 선생님이 좀 어렵다고 생각되면 부모님께 그 사정을 말씀드리는 것도 괜찮다. 다만, 그럴 땐 부모님께서 선생님께 전화를 꼭 주셔서 선생님이 문제를 해결할 수 있으면 정말 좋겠다."

아이들의 질문이 더 나오지 않는다. 진짜 마무리 지을 시간이다.

"우리 반 친구들은 처음부터 평화주의자들인데, 선생님이 너무 심한 말을 했나보다, 그치?"

"네. 우리 반은 평화로운 반이에요."

소담이의 얼굴이 평화롭다. 소담이의 대답에 손뼉을 쳐주면서 수업을 맺는다. 누군가 쉬는 시간이 2분이나 지났다며 구시렁거리는 소리가 들린다.

뚫린 구멍

작은 물방울에도
단단한 바위
구멍 뚫린다지.

그러고도
단단한 척하는 바위는
뚫린 구멍이
정말 아프지 않을까

영원히 낫질 않잖아
구멍 점점 커지잖아
물방울 작은 주먹에도

제10화 기승전 그리고 너희들

옛이야기를, 그대로 혹은 각색하여 들려주되, 그 마무리를 아이들에게 돌려주는 것은 아이들을 확실히 성장하게 하는 것 같다. 옛이야기는 나의 인성교육의 옹달샘이다.

"…신들이 그 기도를 들어주어서 마이더스는 만지기만 하면 만지는 모든 것이 황금으로 변하게 하는 능력을 갖추게 된 거야…."

이야기가 이쯤 진행되면 누군가 하나는 의구심을 드러내기 마련이다. 그런데 아직 아무런 반응이 없다. 물론 지금처럼 이야기에 심취하여 모든 눈동자들이 어서 이야기를 계속하라는 눈빛을 똘망거

려도 좋다. 내가 물으면 되니까.

“그래, 너희들은 정말 다르구나. 남다른 능력을 가진 것이 꼭 행복한 것만은 아니라는 것을 미리 안다는 눈치인데…, 다들 그런 눈치인데. 그래 마이더스 왕은 자신이 만지는 모든 것이 황금으로 변하자 너무 기뻤지, 그러나 그 능력은 곧 불행으로 바뀌었단다. 왕의 어여쁜 딸, 공주가 들어왔는데, 그 사랑스런 딸에게 다가가 귀여운 얼굴에 손을 대는 순간, 어떻게 되었겠니?”

“딸도 황금으로 변했어요?”
“그래, 마이더스 왕의 그 사랑하는 공주가 순식간에 황금이 되어버린 거야. 마이더스가 얼마나 황당하고 놀랍고 그리고 곧 괴로웠겠니? 조금 전까지만 해도 기쁨에 넘치던 웃음소리는 괴로운 비명과 울부짖음으로 바뀌고 말았던 거지.”

이야기가 맺어지자 아이들 몇몇은 마이더스의 슬픔에 동정을 느끼며 숙연한 표정이다. 어떤 아이는 '장갑을 끼면 될걸' 하며 마이더스의 조심스럽지 못함이나 무지혜함을 가볍게 질책하는, 귀여운 응원자도 있다. 이제 아이들에게 돌려주어야 할 때다.

“그럴 줄 알았다. 난 너희들이 마이더스보다는 훨씬 현명하고 잘못된 욕심을 내지 않으며, 작은 것에도 행복해할 줄 아는 아이들이란 것을 알고 있었다. 원래 나눔이나 양보와 이해는 가난한 사람들의 나눔과 양보와 이해가, 부자들의 나눔이나 양보, 이해보다 훨씬 더 가치 있을 거라고 생각한다. 아마도 이 이야기로 여러분은 이런 것까지 다 깨달았을 것이라고 믿는다. 그럴 능력이 있는 너희들은 참 대견한 아이들이다. 오늘 이야기는 여기까지."

유산

밤하늘에 흩뿌려진
별 하나하나마다
옛사람들이 만든 이야기
지금 너희들이 듣고 있는 그 이야기

풍백 우사 운사
거느리고 내려와서
인생 사람답게 똑바로 살라
깨우쳐주었다는 이야기

예쁘지 않은 것에서
예쁜 것을 볼 수 있도록
눈을 틔워 준
시인 화가 가수들의 숱한 이야기

우리 어른들이 들은
모든 이야기
그거 다
하나도 남김없이
너희들에게 주려고 해

제11화 쉬는 시간, 교실 바닥에 주저앉다

교단에 선지 어언 30년이 되었다. 그러니까 올해까지 내 교실은 30개째였다. 그런데 내 모든 교실에는 다른 아이들과 잘 섞이지 못하는 지나치게 얌전한(?) 애들이 한두 명은 꼭 있었다.

올해는 수민이와 영은이가 그렇다. 두 아이들에게 친구를 맺어줄 작정으로 올해도 한 달만에, 쉬는 시간에 교실 바닥에 주저앉기로 한다. 다행히 작년 일학년 선생님께 공깃돌을 5L들이로 한 통 얻어 놓았으니 나는 그냥 시간이 될 때마다 교실 바닥에 주저앉기만 하면 되는 것이다.

쉬는 시간에 내가 교실 바닥에 주저앉은 모습에 아이들의 호기심이 가득하다. 쉬는 시간이면 아이들은 서너 명씩 모여서 게임 이야기에 빠지거나 반에 마련된 바둑판에 매달려 대국이 벌어진다. 여자 아이들 몇몇은 수다 삼매경에 빠져있거나 취미생활인 만화 그리기에 빠져있곤 한다. 그리고 그걸 들여다보면서 연신 감탄하는 아이도 있다. 물론 한두 명은 독서삼매다. 몇 명은 내 눈을 슬쩍슬쩍 피해 가며 복도를 내달을 때도 있다. 집에서 가져온 인형으로 인형놀이를 하는 아이도 있다. 그런데 수민이와 영은이는 그냥 있다. 그냥 아무것도 안 하면서 그냥 자기 자리에 조용히 앉아 있다. 누가 가서 말 거는 아이도 없다.

내가 수민이와 영은이를 부르자 두 아이 모두 눈을 동그랗게 뜨고 자리에 가만 앉은 채로 나를 바라보기만 한다.

"둘 다 잠깐 이리 좀 와 봐라."

아이 둘이 서로 마주 보더니 천천히 일어서서 천천히 내게 다가온다.

"여기 좀 앉아 봐라."

두 아이가 또 서로 마주 보더니 거의 동시에 천천히 교실 바닥에 앉는다.

"너희들 공기놀이 할 줄 아니?"

"네."

"아니요."

"수민이는 공기놀이를 할 줄 알고, 영은이는 모른다?"

"네."

두 아이가 동시에 대답한다.

"그럼 영은이는 선생님하고 공기놀이 시합 좀 해보자. 선생님은 우리 학교 공기놀이의 왕이거든. 수민이는 잠깐 심판 좀 보고."

아이들에게 허풍을 한바탕 치자, 아이들이 의아한 눈빛으로 모여든다.

"선생님, 재은이가 우리 반 공기 왕이에요. 선생님 안될걸요."

동훈이가 뭐라든 말든 나는 주의를 주지 않는다. 영은이가 빙긋 웃을 뿐, 공기놀이를 하자 말자 대답이 없지만 무조건 내가 먼저 시작한다. 아이들이 점점 더 모여들더니, 우리 주변은 순식간에 거의 벌집 수준이 되고 만다.

"와, 선생님 손 되게 크다."

"와, 선생님 다섯 개 다 잡았다. 5년이야, 5년."

"선생님, 되게 잘하신다, 안 죽어, 안 죽어. 절대 안 죽어."

한 아이가 놀라 감탄하자 서로들 내 솜씨를 자세히 보려고 밀치는 바람에 소동이 일어났다. 수민이와 영은이 표정에도 약간 변화가 있다. 공기놀이에 대한 기술과 솜씨를 다해 쉬는 시간이 끝나도록 나 혼자만 놀이를 계속했고, 아이들은 종소리에 제자리로 돌아가면서도 내 실력을 더 못 보는 것을 아쉬워했다. 다음 쉬는 시간에도 수민이와 영은이를 불러 교실 바닥에 앉힌다. 이번에는 나도 실수가 많은 '까치발 뛰기', '이중 꺾어 받기' 등의 고난도의 기술을 선보인다. 영은이에게 순서를 넘기기 위해서다. 하지만 구경하는 아이들은 감탄의 연속이다. 드디어 공깃돌이 영은에게 넘어갔다. 영은이가 아이들이 둘러싸고 지켜보는 긴장 속에 금방 실수를 하고 만다. 아니 솔직하게 말하면 영은이의 공기놀이 실력은 그 정도였다. 그래도 쉬는 시간마다 공기놀이는 계속되었다. 우리는 쉬는 시간마다 구경꾼들에 둘러싸여 공기놀이를 했고, 이쯤에서 아이 하나가 영은이 편을 들었다.

"영은아, 두 번째 돌을 집어야 다른 돌을 안 건드려."

우리 반 공기 왕이라는 재은이다. 영은이가 공깃돌 하나를 던져 올린 뒤, 얼떨결에 바닥의 공깃돌 하나를 집은 뒤 던져 올렸던 돌을 받았다. 아이들의 환호가 터졌지만 영은이는 또 금방 실수를 했고, 또 내 차례다. 이쯤에서 아이 둘에게 제안을 한다.

"영은이하고 수민이에게 선생님이 공깃돌을 5개씩 줄 거다. 빌려주는 게 아니고 아주 주는 거야. 집에서도 학교에서도 연습해야 한다. 2주 후에 꼭 선생님께 도전해야 한다. 그래서 선생님이 딴 점수의 반을 따면 너희들에게 아몬드 다섯 알씩 줄 거고, 못 따면 공깃돌을 빼앗길 거야. 할 수 있겠니? 집에 가서 엄마하고 같이하면 금방 늘 거다."

아이 둘이 다 고개를 끄덕인다.

"그럼, 저 중에서 가장 맘에 드는 것으로 다섯 알씩 가져가라."

모여 있던 아이들이 저희들도 달라고 난리 난리를 친다. 곰곰이

고민하는 척, 그러다가 인심 쓰는 척 허락한다. 환호성이 인다. 공깃돌은 내 손으로 일일이 다섯 알씩 아이들 손바닥에 놓인다. 교실에서 뛰는 아이들이 없으면 먼지가 나지 않으니 좋지 뭐. 당분간 우리 반은 공기놀이가 유행하리라.

운동회 날

애들 운동회 날
어슬렁어슬렁
그냥 한 번 와 본 체하지만

애들 운동회에
애들보다 많은 어른들

애들 함성 위에
애들보다 더 큰 어른들의 함성

애들 점심시간에
애들보다 더 잘 먹는 어른들

애들 계주에 끼어
애들 기어코 이기고

펄쩍펄쩍 뛰는
어른들

헐

제12화 다시 또 혼자인 영은이와 수민이

목요일이다. 쉬는 시간, 영은이와 수민이는 또 혼자다. 영은이의 손을 보니 손아귀에 공기 알을 쥔 채이다.

"영은아, 그리고 수민아. 이리 내려와라."

영은이와 수민이가 순순히 의자에서 내려와 내 옆에 와 앉는다. 재은이도 형석이도 다가온다.

"이번엔 수민이 먼저 해라."

수민이가 나를 흘끔 보더니 공기 알을 바닥에 흩뿌린다. 이내 공기 알을 집어 던지고 바닥의 것을 집고 하며 진지하다. 그렇지만 이내 죽고 만다. 영은이 차례다. 영은이는 아직도 어설퍼서 한 알 집기를 다 끝내지 못하고 죽는다. 재은이가 옆에서 지켜보다가 답답한지 가슴을 친다. 내 차례다.

"이쯤 하려면 연습 많이 해야겠지?"

영은이와 수민이가 고개를 끄덕인다.

"연습할 거야?"

또 고개를 끄덕인다.

"아니, 말로 대답해 봐. 연습할 거야?"

"네."

둘이 서로의 눈을 바라보며 작은 목소리로 대답한다.

"쉬는 시간마다 여기 나와서 연습해야 한다."

또 고개를 끄덕인다.

"말로 대답해야지."

"네."

일부러 세 알 잡기를 실패하여 순서를 수민이에게 넘긴다. '꺾기' 단계까지 간 수민이는 공기 알을 와그르르 떨어뜨리고 겨우 두 알을 받는다. 재은이가 자기를 영은이와 한 편이 되게 해달라고 조른다. 윤재가 다가온다.

"그럼 나는 수민이랑 한 편할게요."

"그럼, 선생님은 어떡해?"

"아니다. 그런데 윤재 공기놀이 잘하니? 재은이가 챔피언이라던데."

"윤재도 엄청나게 잘해요."

윤재를 따라온 호성이가 거든다. 수민이랑 영은이가 나 없이 다른 아이들과 어울릴 수 있는 기회가 마련된다.

"그래, 잘 됐다. 선생님이 사실은 좀 바쁜 일이 있었거든. 영은이 잘못해도 뭐라 하기 없기다."

따개비

바다와 같이 있어도
바위섬은 혼자

파도가 간질여도
바위섬은 혼자

홀로
아무 말도 않은 채

홀로
아무것도 할 게 없으면서도

물새가 와도
모른 체

구름이 건드리고 가도
모른 체

그래서 내가
꼭 붙어서
안 떨어지는 거야

나 따개비라도 없었으면
어쩔 뻔했어?

제13화 기어코 영찬이가

기어코 영찬이가 점심시간에 아이를 걷어차서 큰 싸움을 벌였다. 아이들 여럿이 같이 운동장에서 피구를 하며 놀다가 경기에서 져서 화를 못 참아 영찬이가 경태를 걷어차서 벌어진 일이란다. 이 때문에 아이들의 점심시간과 나의 점심시간이 엉망이 되고 말았다. 아이 둘을 연구실로 불러 지도하다가, 이번에야말로 영찬이를 엄히 지도해야겠다는 결론을 내린다. 경태를 교실로 돌려보내고 영찬이와 마주 앉는다. 영찬이에게 점심시간의 상황을 정리해서 되들려 주고, 영찬이 앞에서 영찬이 어머니와 통화한다.

"아이들과 놀던 중에 금을 밟았느니 어쩌니 하면서 경태와 말다툼이 벌어졌고, 경태가 주장을 굽히지 않자, 화를 못 참고 영찬이가 먼저 발로 경태의 가슴을 걷어차서 싸움이 벌어졌습니다. 영찬이는 그래도 분이 풀리지 않아 주먹으로 머리와 등, 어깨 등을 닥치는 대로 때리는 바람에 싸움이 더욱 커졌고, 경태 얼굴에 멍이 들고 얼굴 오른쪽이 부어올랐습니다. 영찬이 옆에 있으니까 사실 확인해 보시죠."

영찬이 녀석이 제 엄마 전화를 받고 식식거리며, 제 억울한 사정만 하소연하는 것에 벌컥 화가 나는 걸 겨우 참는다.

"야, 영찬이. 똑바로 말씀 못 드려. 네가 경태를 발로 차고 때린 게 잘못인데, 왜 엄마한테 경태가 금 밟은 얘기만 하고 있어?"

통화 중에 야단을 맞자, 영찬이는 전화기를 든 채 엉엉 운다.

"뚝 그치지 못해."

영찬이를 엄하게 꾸짖으며, 전화기를 넘겨받는다.

"어머니, 영찬이 녀석 많이 가르쳐서 보내겠습니다. 동의하시나요? 폭력 행동을 먼저 한 행동은 절대로 그냥 지나갈 문제가 아니라고 생각합니다. 3월 내내 인권에 대해서 훈화를 해 왔는데 조금 더 지도가 필요할 것 같습니다. 영찬이 지도한 뒤에 다시 전화드리겠습니다. 널리 양해 부탁드립니다."

내 엄중한 목소리에 영찬이 어머니가 연신 '죄송'을 연발하셨지만 나는 꼭 약속을 지킬 생각이다. 전화를 끊자마자 영찬이 앞에 벌떡 일어선다. 녀석 앞에 우뚝 선 채 한동안 침묵을 지킨다.

"넌 너와 생각이 다른 사람은 마구 때려도 되냐? 학교가 사람 때리는 거 가르치고 배우는 곳이냐? 존중하고 배려하고 이해하고 양보하는 거 배우는 곳이냐? 대답해 봐."

영찬이가 메마르고 엄격한 내 목소리에 놀라고 당황스러워하는 기색이 역력하다. 대답을 못 하고 우물쭈물한다.

"대답 안 해? 네가 뭘 잘못했는지 말해보란 말이야."

낮고 엄중한 음성에 오히려 무지막지한 중압감을 느끼는지 녀석이 쩔쩔맨다.

"경태 발로 찬 거요."

"또?"

"애들이 다 말리는 데도 계속 때린 거요."

"또?"

영찬이가 바로 대답하지 못하고 머뭇거린다.

"또?"

"선생님이 지난번에 배운 대로 솔직하게 행동해야 하는데, 그걸 알면서도 계속 고집부리면서 내가 옳다고 주장한 거요."

"지금까지 한 말들 선생님한테 혼나서 그렇게 말한 거야, 아니면 네가 진짜로 그렇게 잘못했다고 생각하는 거야?"

"제가 진짜로 그렇게 생각한 거예요."

"진짜야?"

"네. 진짜예요."

"좋아, 그럼 그만 울어."

영찬이의 들먹이는 어깨가 잦아들 때까지 가만히 기다린다.

"우는 건, 억울한 경태가 울 일이지, 억울한 것도 없는 녀석이 뭘 울어."

마지막으로 일침을 놓고 심호흡을 한다. 이제 내 기분과 낯빛을 바꿔야 할 때다. 때로는 이런 게 비참하게도 느껴지지만, 선생의 분노는 끝까지 교육적이어야만 한다는 게 내 신조이다. 가슴 속에 눌린 분노도 교육적으로 승화되어야 한다. 그리고 그 신조는 실천되어야 한다. 목소리를 더 낮추려다가 쇳소리를 내고 만다.

"영찬아, 고개 들어."

영찬이는 아직도 젖은 얼굴로 잦아들지 않는 숨을 떨컥떨컥 쉬고 있다.

"넌, 공부 시간에 씩씩하게 발표도 잘하고, 수학 박사에다가, 말도 논리적으로 잘하고…, 장점이 정말 많은 아이인데 화를 잘 못 참는 것이 자꾸만 문제가 되는구나. 선생님은 사실 작년에도 네 소식을 듣고 있었다. 그러나 네가 그 정도로 참을성 없는 아이에, 꼭 이기려고만 하는 그런 아이라고는 선생님은 생각하지 않았다. 넌 생각보다 멋진 면이 훨씬 많을 거라고 생각하고 있었어. 공부 시간이 다 되었으니 일단 이만큼만 이야기하고 오늘 공부 끝나면 선생님과 이야기 좀 더하고 가자."

"……."

영찬이가 그 와중에도 무엇을 걱정하는지 알 것 같다.

"학원 문제는 선생님이 엄마한테 전화해 둘게."

아이들을 보내놓고 영찬이와 마주 앉았다. 점심시간에 있었던 이야기를 녹음기 들려주듯 다시 또 천천히 되풀이하여 들려주며 일일이 확인시킨다. 녀석도 사실에 대해 묻고 확인할 때마다 일일이 고개를 끄덕인다. 자신의 잘못을 모두 인정하고, 고개를 숙인 채 손톱을 뜯고 있는 영찬이가 갑자기 애처롭다. 겨우 4학년이다. 영찬이는 폭력배가 아니라 그저 화를 잘 못 참는 4학년 아이에 불과할 뿐이다. 사실 영찬이의 폭력성이 많이 줄어든 것도 사실이다. 폭력성만 아니면 영찬이는 긍정적인 면이 많은 아이이다. 영찬이 쪽으로 옮겨 앉아 조용히 어깨에 손을 올린다.

영찬이가 얼마나 장점이 많은지, 영찬이가 언제 대견스러웠는지, 내가 영찬이에게 얼마나 기대하는 게 많은지 하나하나 들려준다. 어깨를 가만가만 두드려준다. 훌륭한 수학자가 쉬는 시간에 피구경기를 하다가 친구가, 내가 금을 밟았다고 말해서 참지 못하고 발길질 주먹질을 해가며 싸움을 벌인 장면을 생각하니, 그 모습이 정말 얼마나 못나 보이는지 모르겠다는 말로 나의 이야기를 맺는다.

"다시 한번 약속하자. 친구들 때리지 말자, 응?"

"네. 안 때릴게요."

영찬이가 흔쾌히 약속을 준다. 영찬이를 보내고, 영찬이 어머니와 긴 통화를 한다. 전화를 끊고도 영찬이 어머니께 영찬이와의 상담

내용을 다시 메시지로 전송한다. 작은 일로 화내지 않기로 한 영찬이의 약속을 한 번 안아 주시라는 부탁과 함께. 그리고 경태 어머니께 두 번째 전화를 연결한다. 집에 돌아온 경태의 얼굴 상처는 많이 가라앉았는지 어떤지, 마음은 많이 안정되었는지 어떤지 묻는다. 경태 어머니의, 영찬이 어머니로부터 전화를 받았다는 말과 진심이 느껴지는 사과를 받았다는 말씀을 들으니 다행스러웠다. 아이들끼리의 일이니 속상하지만 이해할 수 있다는 말씀이 고맙다. 나도 방금 전 영찬이와의 상담 상황을 상세히 전해드리고 아이들을 잘 관리하지 못해서 죄송하다는 사과를 드린다. 내일 아침에 경태를 다시 한번 살피겠다는 약속을 드린다.

전화를 끊고 나서 안경을 벗은 얼굴을 두 손으로 감싸 쥔다.

"이런 일, 한두 번 아니었잖아."

서걱서걱 마른세수를 한 뒤 자리에서 일어난다.

고양이 발톱 깎기

발톱 깎자
발톱만 깎으면
너도 내 친구가 될 수 있어

안아 주지 않는다고
칭얼대지 마
네 갈고리발톱에 난 상처는
덧나기 일쑤란 말이야

발톱 깎자
발톱만 깎으면
나도 네 친구가 될 수 있어

덧난 상처로는
너는 안 보이고
네 발톱만 보인단 말이야

안 아프게 살살…,
그래그래,
조금만 참고

발톱 깎자
나도 널
안아 주고 싶단 말이야.

제14화 미리 감탄하기

조금만 의식하면서 교실을 둘러보면, 아이들의 행동을 사전에 절제시킬 수 있다는 것을 경험으로 알게 된다. 분명 수업 중인데 한 아이가 음흉한 표정을 지으며 짝꿍에게 혹은 앞자리의 아이에게 장난을 막 시작하려는 것이다. 바로 그 순간을 포착하는 것이다.

"영태는 어제까지만 해도 장난이 심한 편이었는데, 오늘은 잘 참고 있네. 그래서 그런지 영태가 오늘은 대견스러운데."

영태는 얼른 음흉한 표정을 놓고, 바른 자세가 된다. 그 한마디 감탄은 또 다른 장난꾸러기들의 장난하고픈 마음을 지그시 눌러주는 효과까지 발휘한다.

"한 사람의 장난이나 말 걸기는, 장난을 받거나 말을 받아주는 친구가 수업에 집중하지 못하게 하는, 즉 학습권을 망치는 행위라는 것을 우리 반 친구들은 다들 잘 알고 있는 것 같다. 너희들 모두 참 대견하다."

개인 학습이 거의 끝나면 이번에는 발표와 청취가 이어질 차례다. 또렷한 목소리와 바른 태도로 청취할 수 있도록 미리 '바른 태도 명석'을 또르르 펼친다.

"선생님은 가끔 여러분과 수업을 하다 보면, 여러분이 4학년이 맞는가 싶을 때가 있다. 언제 그런 걸 많이 느끼는가 하면, 공부한 것을 발표하고 들을 때 그런 것 같다. 발표하려는 사람은 '저요, 저요' 하고 조급해하지 않고, 또 듣는 사람들은 모두 바르게 앉아서 발표하는 사람을 바라보면서 발표에 귀 기울이는 모습을 볼 때 그런 것 같다. 자, 한번 보자고. 이젠 다들 정리가 됐죠? 그럼, 누가 발표해 봅시다."

"오늘의 수업을 조금만 과하게 표현하자면, 아마도 수준 높은 대학원생들의 강의실 풍경과 비슷하지 않았을까 한다. 아주 멋진 수업이었다. 자, 쉬는 시간."

국어 교과서를 정리하며 아이들을 조금 일찍 쉬는 시간에 풀어놓는다.

느티나무 위에서

운동장 가에
느티나무가 있어

느티나무 위에
까치집이 있어

까치집에서 나와
까치가 내려다보고 있어

피구 할 때
명구가 금 밟은 거
까치는 보았지
까악까악

은솔이 등을 치고 달아나려
살금살금 다가가는
현철이도 보았지
까악까악

축구공을 몰고 가는 문철이 뒤로
태클 걸려고 달려드는
수혁이의 앙다문 입술을 보았지
까악까악 까악까악

제15화 공기 시합

교실을 막 들어서는데 재은이가 벌써 와 있었다. 이제 겨우 8시를 막 넘은 시간이었다.

"재은이가 웬일이냐, 이렇게 일찍?"

그러나 재은이는 내 질문엔 대답도 않고 제 질문을 내지른다.

"선생님. 오늘 영은이하고 수민이하고, 공기놀이 시합하실 거예요?"

"응? 내가 뭘 한다고?"

"선생님이 오늘 영은이하고 공기놀이 시합한다고 한 날이잖아요."

"응? 아. 오늘이 그날이냐? 선생님이 까맣게 잊고 있었네."

"그런 게 어디 있어요, 선생님. 시합하실 거예요?"

재은이가 재우쳐 묻는다.

"그럼, 약속은 약속인데 해야지. 그런데 네가 왜? 넌 안 시켜 줄 거야. 네가 우리 반 공기놀이 왕이라며?"

재은이가 내 대답에 샐쭉해졌다가 고개를 반짝 들며 제안을 한다.

"선생님. 선생님이 영은이와 수민이를 이기고 나면 저랑도 하실래요? 누가 공기놀이 왕인가 해 봐요."

"그거 좋지. 사실은 네가 아무리 잘해도 나는 못 이길 거다. 지난 10년 동안 아직까지 공기놀이로 져본 적 없는 실력이다."

"알았어요. 진짜예요? 진짜 나랑 시합하는 거예요?"

재은이 눈빛이 결연하다.

"시합을 하긴 하는데, 내가 영은이하고 수민이를 이겼을 때 너랑 하는 거야. 챔피언 결정전이지. 만약에 영은이와 수민이를 내가 못 이기면 너랑 약속도 없는 거고. 알았지?"

"네, 알았어요."

녀석이 대답하고 나서 가방에서 공깃돌을 꺼내 교실 바닥에 철퍼덕 주저앉는 것을 보고, 나는 차 한 잔 준비하러 교무실로 향한다. 교무실로 가는 동안 피식피식 웃음이 난다. 하긴 재은이 녀석은 오늘 시합을 영은이와 수민이가 이길 거라는 걸 알 턱이 없다.

교무실에 내려가서 녹차 한 잔 우려 들고 다시 교실로 들어서다 깜짝 놀랐다. 여덟 시 사십 분 밖에 안 되었건만 아이들이 벌써 교실 바닥 가득이다.

"선생님, 정말 재은이하고도 공기 시합할 거예요?"

"얘얘얘얘, 조심해."

영찬이가 벌떡 일어나 나를 향해 급히 다가오는 것을 만류한다. 차가 아직 식지 않은 까닭이다.

영은이와 수민이도 교실 바닥에 앉아 있다. 순서가 자꾸 바뀌는 품이 공기 솜씨가 많이 좋아지진 않은 것 같다.

"공기 시합이 시작되기 전에 오늘 공기 시합의 규칙을 발표하겠다. 그러니 모두 자리에 앉아라."

"네?"

재은이가 의아한 눈빛으로 나를 쳐다보았지만, 다른 아이들은 잽싸게 우르르 바닥에서 일어나 자기 자리로 가 앉는다.

"음- 음. 지난번에 내가 영은이와 수민이에게 공기 시합을 어떤 방식으로 할 거란 말은 한 적이 없다. 그렇지?"

"네."

"선생님은 워낙 너희 방식의 다섯 알 공기엔 고수다. 그런 방식으론 아무도 나를 이길 수 없다. 사실 영은이와 수민이한테도 2주일은, 실력을 갈고 닦기엔 많이 부족한 시간이었을 것이다. 누가 사정을 정확히 안다면, 선생님과 영은이, 수민이와의 시합을 비열하다고까지 말할 수 있을 것이다. 그래서 너희들의 선생으로서 그런 불공평한 시합은 하지 않기로 했다."

"아, 왜요? 약속은 약속이잖아요."

영찬이가 잔뜩 표정을 찡그린다.

"시합을 아주 안 한다는 게 아니라 공평한 방법으로 하겠다, 이 말이다."

"어떻게요?"

"수민이와 영은이는 연습한 대로 하면 되는 거고, 나는 재은이와 한 편이 될 거다."

"네에에에에? 선생님과 재은이가요?"

"그건 말이 안 되죠. 재은이가 우리 반 챔피언인데, 더구나 선생님하고 한 편이 되는 건 말이 안 되죠."

아이들이 야단법석인 가운데 재은이가 손을 들었다.

"선생님, 저는 선생님과 결승전 하는 거 아니었나요?"

"그러려고 했지, 그런데 그걸 오늘 너하고 나하고 하게 되면, 오늘의 경기인 '수민이와 영은이 대 선생님의 경기'는 바람 빠진 경기가 되어 버리고 아이들은 너하고 나의 경기에만 진짜 관심을 가지게 되어 버릴 거야. 그건 영은이와 수민이에게 예의가 아니게 되지. 그렇지 않겠니?"

"네. 그런데 어떻게 저하고 선생님하고 한 편을 먹어요?"

재은이의 동의할 수 없다는 단호한 눈동자가 동그랗다.

"그걸 얘기하려는 거야."

재은이를 앉히고 반 전체를 향해 선다.

"이미 말했듯이 재은이하고 선생님하고 한 편이다."

"에에에에이, 말도 안 돼요."

"그냥 선생님하고 재은이하고 '가위바위보' 해서 편을 갈라요."

"아 웃겨. 영은이와 수민이가 어떻게 이겨, 에헤헤헤헤."

아이들은 또 처음 듣는 것처럼 소란을 터뜨린다.

"……."

아이들이 저절로 조용해질 때까진 시간이 좀 걸린다.

"다 떠들었으면 이제 선생님 말씀을 마저 들어라. 지금부터 선생님이 하는 말은 더 놀라울 텐데, 너희들이 이렇게 계속 떠들어대면 선생님은 이야기를 다 할 수 없다. 그래서 말인데, 선생님 말씀이 다 끝날 때까지 아무 말도 하지 않고, 다 듣고 난 뒤에 질문하겠다고 약속하자. 그럴 거지? 너희들은, 선생님 말씀을 끊지 않는 4학년 1반이잖아. 그렇게 믿고 계속 말할게."

"네."

"알겠습니다."

그제야 자리를 고쳐 앉은 아이들 모두를 둘러보며, 내 말이 끝날 때까지 안 떠들겠다는 약속, 꼭 지키라는 뜻으로 아이들의 눈마다 일일이 내 눈을 꼭꼭 맞춘다.

"경기는 아까 이야기한 대로 선생님과 재은이가 한 편, 영은이와 수민이가 한 편이다."

이야기를 또 멈춘다. 아무리 생각해도 우스운지 아이 몇몇이 또 킥킥거리는 것이었다. 영태가 내 마음을 읽고 킥킥거리는 정원이를 팔로 툭 치자, 정원이가 표정을 고치고, 자세도 얼른 고쳐 앉는다.

"재은이와 나는 곱하기 점수, 영은이와 수민이는 더하기 점수 방식이다. 그리고 기회는 각자에게 각각 다섯 번씩이다. 그리고 점수는 '꺾기'까지 가서 공기 알을 받은 만큼 점수로 인정되는데, 나와 재은이는 만약 '꺾기'까지 가지 못하고 죽으면 그 사람 점수는 영점이 된다. 거기에다가 선생님은 왼손 공기를 할 거다. 대신 재은이는 자기 실력껏 하면 된다."

"그게 뭐예요?"

"어떻게 한다는 거예요?"

아이들의 서로 의아한 눈빛을 주고받으며 이해 못 하겠다는 듯이 고개를 절레절레 흔드는 가운데 영찬이가 손을 든다.

"선생님, 제가 친구들한테 보충 설명해도 되나요?"

"그래, 설명해 봐."

녀석은 제대로 알아들었는지 나도 궁금했다.

"그러니까 영은이가 먼저 했는데 '꺾기'까지 가서 두 알을 받으면 2년이 되고, 또 같은 편인 수민이가 또 '꺾기'에서 두 알을 받았으면 영은이 점수하고 더해서 4년이 되는 거예요. 간단해요. 그런데 선생님과 재은이는 꺾기에서 끝나면 좋은데, 알 집기에서 죽으면 빵점이 되어서, 앞사람이 아무리 많은 점수를 땄어도 점수는 도로 빵점이 되는 거예요. 아무리 큰 수도 영과 곱하면 영이 되니까요."

"와, 박수, 박수. 역시 영찬이네. 영찬이 설명 잘 알아들었나요?"

"네."

"아니요."

"그래, 경기를 직접 해보아야 이해가 되겠구나. 한 가지 더 있다. 오늘 경기에서 재은이와 선생님이 이기면 우리 반 모두에게 아몬드 한 알씩이다."

"에이."

"애개-."

아이들의 반응이 속으로 재미있다.

"그렇지만, 영은이와 수민이가 이기면 모든 사람에게 아몬드 다섯 알씩이다."

"와아, 다섯 알이래."

"정말, 다섯 알?"

그게 뭐라고 아이들은 소란을 피워댔지만, 재은이는 불만이 많은 얼굴이다. 1교시 예비 종이 울린다. 공부가 시작되기 전에 아이들이 화장실로 우르르 향한다. 경기방식에 불만인 재은이를 쫓아가며 영찬이가 위로한다.

"괜찮아, 니가 꺾기까지 여러 번 하고 죽을 때 꺾기에서 죽고, 선생님도 '꺾기'에서 경기를 죽으면 너하고 선생님이 이기는 거야. 아까 보니까 영은이하고 수민이 엄청 못하더라."

"아, 진짜?"

재은이가 주위 친구들을 둘러보며 표정이 밝아진다. 하지만 그건 영찬이의 착각이다. 나는 왼손으로 공기놀이를 해본 적이 없다. 재은이와 나는 무조건 0점이 되게 되어 있는 경기인 것이다.

"아, 그걸 왜 알려 줘."

아무것도 모르면서도 연성이가 재은이 뒤의 영찬이를 따라가면서 영찬이에게 통박을 준다.

점심시간 우리 교실엔 커다란 도넛이 하나 만들어졌고, 아이들은 재은이의 실력에 혀를 내둘렀다. 그러다가 나의 형편없는 왼손 실력에 비난을 쏟았다. 영은이와 수민이가 어찌어찌해서 마지막으로 겨우 6년을 얻어냈고, 우리도 마지막에 몰렸다. 우리는 여전히 0점이었고, 나의 왼손은 이미 한 알 집기에서 죽은 채였다. 재은이 순서였다. 경기 결과가 어떻게 될지 진즉 깨달은 재은이는 입이 쑥 나와 있었다. 그러면서도 경기를 끝까지 포기하지 않을 기세다. 끝까지 화려한 솜씨로 벌써 혼자서 여섯 판째를 거듭 이어가며 30년의 점수를 일구어낸다. 점심시간을 끝내는 종이 울렸지만, 재은이는 아직 살아있다. 경기 종료를 선언할 절묘한 순간이다.

"이런 결과는 결코 예상 못 했는데 정말 대단하네. 여러분 아쉽겠지만, 오늘은 어느 편의 승리인가요?"
"영은이와 수민이 편이 승리예요."
영찬이다.
"재은이는 아직 끝나지 않았는데?"
"그럼, 계속해요."
영태다.
"끝종은 곧 공부 시작종이다. 공부 시간 시작종을 이길 수 있는 것은 아무것도 없다."
"에이, 에에에이."

아이들의 합창이다.

"누구든 한마디 해라. 오늘의 경기 결과는?"

"그냥 비긴 거로 해요."

내 요구대로 누군가의 선언이 소요를 비집고 들어왔다. 경기 종료를 선언할 절호의 기회다.

"좋다. 오늘 승부는 비긴 거로 한다. 그러나…, 여러분에게 돌아갈 아몬드의 개수는 다섯 알로 하고, 아직도 살아있는 재은이에게는 이번 경기 최우수 선수상을 겸해 아몬드 열 알이다. 물론 영은이와 수민이도 열심히 했으니까 일곱 알이다. 경기 끝."

하교할 때, 아몬드 열 알을 받아드는 재은이의 얼굴이 환하다. 영은이도 수민이도 환한 얼굴이다. 영은이와 수민이가 나란히 걸어가는 뒷모습을 보다가 문을 닫는다. 아몬드 통에 아몬드가 눈에 띄게 줄어 있다.

척사대회

사는 게
힘들다면서도
일 년에 한 번인데
어쩌구 하면서
모여든다

살면서
살맛 좀 본 친구들과
살면서
살맛 좀 보고 싶은 친구들이
인생 한번 뒤집어 보잔다

돈복 있든 없든
한 번씩은
애들처럼 웃어야
진짜 살맛이 난단다
강아지처럼
떼구르르 놀아야
한 번쯤 살맛이 난단다

금전 운은 없어도.
모 나오는 운이야 없으랴 한다

어른들 웃음이
흙강아지처럼 마당에 뒹군다

제16화 사자(獅子) 론(論)

어떤 반을 맡아 봐도 고자질쟁이(?)는 있다. 올해는 이우슬이 그렇다. 잘 이르진 않지만, 얼굴이 붉어지도록 자주 다투는 아이도 있다. 어떤 아이는 다른 아이를 잡으러 다니느라 식식거리는 아이도 있다. 좀 넉넉히 잡아 우리 반 스물여덟의 아이들 중 삼 분의 일 정도의 아이들이 이런 성향을 보인다. 예전보다 이런 경향이 좀 더 두드러지는 것 같다. 어느 날은 이런 고자질이 유난스런 날도 있다. 그런 날은 또 학교 일마저 두루두루 바쁘곤 하다. 이런 날은 약간 과장하자면, 내가 벌집 옆에 종일 서 있는 듯한 환청 같은 것을 느끼곤 한다. 그럴 때 나는 수업 종이 울렸어도 잠시 교과서를 내려놓고 아이들을 천천히 바라본다. 사자 이야기를 들려주어야 할 때인가 보다.

아이들은 나의 사자 이야기를 좋아한다. 그리고 사자 이야기를 듣고 나면 아이들은 확실히 점잖아진다.

"초원의 사자는 귀가 매우 밝은 동물이다. 밀림에는 사자 말고도 수많은 생명체들이 살고 있다. 동물의 왕국이란 TV 프로그램을 보면, 확실히 사자는 낮잠의 왕이기도 하다. 그러나 자세히 보면 사자는 잠을 자면서도 귀를 계속 쫑긋 세우기도 하고 다시 늘어뜨리기도 한다. 어떤 때는 잠에서 깨어 멀리 바라보다가 다시 눕곤 한다. 그렇다. 초원은 결코 조용한 곳이 아니다. 사자는 자면서도 수없이 많은 소리를 듣고 있는 것이다. 그러나 수없이 많은 소리를 귀로는 들으면서도 마음으로는 거의 듣고 있지 않은 것이다. 혹시 어떤 소리는 가끔 사자들에게 개개는 하이에나 소리일지도 모른다. 또 어떤 소리는 잠자는 사자쯤은 하나도 겁나지 않는다는 듯, 사자의 영역권 안에서 전혀 주의를 기울이지 않고 푸르륵 거리는 영양이나 스프링 벅의 소리일지도 모른다. 또 어떤 소리는 육중한 코끼리들의 발소리일지도 모른다. 그제야 일어나면 되는 것이다. 코끼리는 사자에게 위험한 동물이기 때문이다."

물 한 모금을 축인다. 아이들은 누구 하나 흐트러지지 않고 여전히 이야기를 기다린다.

"사자가 초원에서 들려오는 모든 소리에 다 반응하며 화를 내거나 달려든다면 그야말로 속 좁은 동물에 불과하게 되었을지도 모른다. 모든 소리를 따라다니느라 언제나 헥헥거리며, 신경질만 부리는 못난이 동물이었을지도 모른다. 사자가 힘이 세고 무섭기는 하나 자기 영역 저 먼 곳에서 어슬렁거리는 치타에게 화가 나서 으르렁거리며 쫓아다니다간 발 빠른 치타는 벌써 저만치 달아나서 느긋하게 사자 쪽을 바라보고 있을 것이다. 그 결과 사자만 지쳐 우스운 꼴이 되고, 화만 더 날 것이다. 또 가까이에서 들려오는 하이에나들의 낄낄거리는 소리를 못 참고 혼자서 맹렬히 쫓아가다간 사방으로 흩어지는 하이에나를 얼마 못 쫓고 또 금방 지쳐 헥헥거리게 될 것이다. 그리고 그렇게 지친 사자 한 마리를 하이에나들이 둘러싸고 더욱더 시비를 걸어올 것이 분명하다. 그렇게 되면 사자는 화를 풀기는커녕 난처한 처지가 되어 어쩌면 자존심에 커다란 상처를 안고 돌아서서 도망쳐야 하는 신세가 될지도 모를 것이다. 꼴이 말이 아니게 되는 거지. 다행히 사자는 그렇게 살지 않는단다. 세상에 들리는 수많은 소리 중 자기가 정말 귀담아들어야 할 소리에만 귀담아들으며 살 줄 알기에(그러니까 자기에게 위협적인 코끼리 소리는 귀담아듣는), 느긋하게 낮잠을 즐길 수 있는 것이다. 하이에나들이 가까이서 낄낄거리든 말든, 조금 멀리 떨어진 곳에서 스프링 벅이 겁도 없이 푸르륵 거리던 말던 신경도 쓰지 않는다. 코끼리 소리가 아니면 나머지 소리는 다 무시해 버리고 마는 것이다. 그 결과 사자는 충분한 낮잠을 잔 뒤, 온몸에 충만한 힘을 내뻗으며 기지개를 켠 후, 온

초원이 덜덜 떨리도록 우렁찬 목소리로 울부짖을 수 있는 것이다. 당연히 초원의 모든 동물들은 이렇게 힘이 충만한 사자의 포효에 가슴이 철렁 내려앉지 않을 수 없을 것이다. 잠을 잘 자고 난 사자는 여전히 초원의 왕인 것이다. 초원의 왕 사자의 이 멋지고 건강한 모습은 다시 말하지만, 자기 주변에서 들려오는 수많은 쓸데없는 소리는 다 무시하고 꼭 필요한 소리만 귀담아들을 줄 아는 지혜 때문이 아닐까?"

아이들은 별것도 아닌 이야기에 잠시 더 침묵 중이다.

"우리도 때때로 누가 또 나에 대해서 무슨 얘기를 하나 하고 신경 쓰지 말고 지내는 게 더 좋을 때가 있지 않을까? 혹시 내 귀에 들려오는 나에 대한 조그만 이야기쯤은 무시하고 지낼 줄 아는 세련된 인격이 되어보는 것은 어떨까? 그래야 우선 내 마음도 편하고, 친구들은 그런 나를, 웬만해선 화를 잘 안 내는 마음 넓은 아이라고 좋아하지 않을까?"

나는 '내 맘대로 사자 이야기'를 아이들에게 풀어놓고 얼른 훈화를 마무리한다. 다행히 아이들은 동의하는 눈치이고, 나는 이후부터 고자질쟁이나 자기를 놀린 아이를 잡으러 뛰어다니는 아이들, 얼굴 붉히며 다투는 아이들에게 '사자 이야기, 안 까먹었지?'하고 묻는 것으로 간단히 생활지도를 대신하곤 한다. 그래도 한참 지나면 아이들은 다시 업그레이드된 '사자 이야기'가 필요하다는 것을 나는 안다. 쉬는 시간인데도 고자질하러 오는 아이들이 없다. 벌들이 분

봉하여 나갔(?)는지 웅웅거리는 소리가 현격히 줄어드니 잠잠하여
귀가 편하다.

호열이

우주는 몰라도
지구엔 가득한
소리
소리
소리

차 소리
피아노 소리
애들 떠드는 소리
강아지 소리
선거 유세 소리
헌 전자제품 사는 소리
나뭇잎 스치는 바람 소리

그리고
축구 속으로 날아든 소리

-호열아.

공차다 말고
어머니께 달려가는
호열이

제 17화 그릇론(論)

작은 농담이나 놀림을 받아들이지 못하는 아이들이 많으면 진짜 괴로운 것은 교사이다. 별것도 아닌 '고자질'이 끊이지 않기 때문이다. 장난기 많은 아이는 어디에나 있고, 놀리는 아이는 어느 반에나 있다. 어느 학년에나 있다. 그러므로 놀림을 당하는 아이도 어디에나 있다. 어느 반, 어느 학년에나 있다. 그렇지만 이런 아이들이 많으면 교사는 편할 날이 없다. 예전에 신문고로 억울한 백성이 없게 하겠다던 태종도 종당에는 하찮은 고자질 때문에 골치를 앓았다던가. 나는 해법을 다른 곳에서 찾기로 한다. 아이들의 그릇 키우기다. 그릇이 좀 커지면 아이들 간의 소소한 다툼도 줄어들 것이라는 가정에서의 시작이다.

그릇을 키운다는 것은 앞서 말한 '사자 이야기'의 다른 버전일 수도 있겠지만, 나는 그걸 굳이 구분하여 아이들 앞에 서곤 한다. 어릴 때 위인전을 읽으면 종종 '그릇이 남달랐다' 던가 '그릇이 컸다' 라는 표현을 만나곤 했다. 그때도 그 말이 무슨 뜻인지 몰랐지만, 솔직히 말하자면 나는 아직도 그 뜻을 지금도 명확하게 안다고 자신할 수 없다. 다만, 나는 그 뜻을 나 편한 대로 해석하여 이해하고 말하고 다니고 있을 뿐이다.

'그릇이 큰 사람'에 대한 나의 해석은, 그릇의 본질은 '담아내는 것'이라는 점에서 착안 되었다. 그릇이 큰 사람이라는 말 자체는 또 사람은 누구나 그릇을 가지고 있다는 말일 터, 사람의 외모는 암만 둘러보아도 볼록이 많지, 오목은 찾기 힘드니 분명 그릇이란 '마음'을 뜻하리라. 마음에 담기는 것이 설마 물리적 체적을 가지고 있는 물질은 아닐 것이니, 결국 마음에 담기는 것은 눈으로 본 것, 귀로 들은 것, 제 마음으로 느낀 것, 뭐 그런 것들일 것이다.

철이 들어 중국 사람들의 '태산은 한 줌의 흙도 사양하지 않음으로써 그 큼을 이루고, 대하와 바다는 가느다란 물줄기도 마다하지 않음으로써 그 깊음을 이룬다'는 말에 오래도록 감명된 바 있다. 그리고 어느 순간부터 나는 태산이나 대하를 '그릇'으로 바꿔 읽기 시작한 것이다. 그리고 그 후로, 나는 되지도 않을 '내 그릇 키우기'를 늘 염두에 두고 종종 내 그릇을 들여다보곤 하지만, 아내의 별

것도 아닌 핀잔이나 아들딸의 작은 무례에 불컥거리는 나 자신의 모습을 보며 여전히 내 그릇은 커지지 않았다는 걸 고백하지 않을 수 없다. 그러니 누군가 내게 '그릇론'을 운운할 자격이 있느냐고 묻는다면 나는 심히 곤란해질 게 뻔하다.

그릇이 큰 아이는 친구들이 놀린다고 쉽게 화를 내지 않으니, 그 아이를 싫어하는 아이가 별로 없다. 그릇이 큰 아이는 다른 아이가 뭐라 할 때 '너나 잘해'라고 말하는 대신 '알았어'라고 말하며 고까워하지 않으니 그 아이를 싫어하는 친구가 별로 없다. 그러니 그 아이가 어떤 안건을 내거나 의견을 낼 때 많은 아이들이 호감을 가지고 그 아이에게 동조한다. 별다른 요소가 작용하지 않을 경우, 대개 그런 아이가 학급의 임원에 피선되곤 한다. 그 아이는 자신을 놀리는 아이도, 좀 까칠한 아이도 담을 만한 그릇 큰 아이일 가능성이 크다.

그릇이 작으면, 금방 비워야 한다. 그러니 누군가의 한마디 놀림으로 '화'나 '분통'이란 감정이 가득 찰 정도의 작은 그릇이라면 바로 그 놀림 말을 한 아이에게 '화'를 쏟아놓으며 싸움을 시작하게 될 것이다.

그릇 큰 아이는 그런 놀림쯤으로 '화'나 '분노'가 쉽게 차지 않으니 놀림 말을 한 아이에게 거친 말을 되쏘며 싸움을 걸지 않을 것이다. 그릇 큰 사람의 모습은 편안하고 화기로우니 보기 좋고, 다른 사람에게 좋은 인상을 주고 편안함까지 느끼게 해주니 가까이하고 싫어진다. 그러니 그 사람에겐, 그의 그릇 크기만큼 친구들이 많다. 그 친구들은 모두 그의 그릇에 담긴 것이다. 그릇 큰 아이는 자기 그릇에 담긴 아이들을 모두 좋게 여기니, 그 아이들에게 거칠고 못되게 대할 리 없다. 그러니 그릇 큰 아이의 주변엔 늘 즐겁거나 온화한 분위기가 어린다.

그릇이 큰 아이는 어쩌다가 자기에게 보다 많은 과업이 부과되었다고 크게 불만하지 않고 묵묵히 해내는 아이일 수도 있다. 남보다 좀 더 많은 일, 좀 더 힘든 일이 부과되었더라도 묵묵히 해내니, 조만간 그걸 알아주는 사람이 있을 것이다. 그걸 알아주는 사람에게 칭찬을 듣게 되거나 인정을 받게 될 것이다. 그걸 알아준 그 사람도 바로 그릇 큰 그 아이에게 담긴 것이다. 확실히 꾸중을 들어 강요받은 아이보다는, 스스로 교실 바닥에 떨어진 쓰레기 하나를 줍는 아이가 칭찬 들을 확률이 높다. 그러한 칭찬은 또한 그 아이의 그릇을 키우게 된다. 이처럼 그릇은 봉사와 희생으로서 스스로 커질 수도 있는 것 같다. 다만 아이들은 어리니 그러한 광경을 교사가 놓치지 않고 바로 피드백을 줄 수만 있다면 더 좋을 것이다.

아마도 그릇이 큰 아이가 아이들의 대표자로 출마한다면, 그릇 작은 아이보다는 여러 면에서 유리할 것이며, 대표가 되어서도 과연 화합적이고, 봉사적일 가능성이 클 것이다.

아이들이 알아듣든 말든 나는 이런 말을 아이들에게 들려주길 되풀이한다. 그러고 나면 어쩐지 아이들이 선해진 것 같다.

민속박물관에서

술 따르던 잔
술 담던 병

밥 푸던 주발
국 뜨던 사발

떡 담던 굽다리 접시
전 담던 납작 접시

향로
연적
시루
주전자
항아리

게다가
똥장군

무엇이 됐든
품에 안아 본 그릇들

제18화 반찬에 대한 예절과 뒷담화

영은이와 은수, 우리 반의 똘똘한 두 아이가 다정하게 이야기를 주고받으며 노는 모습을 보고 있자니, 귀엽고 예쁘기까지 하다. 둘 다 공부도 잘하고 말씨도 곱고 예의까지 바르니, 칭찬거리가 많은 아이들이다. 다른 아이들에게도 인정받는 두 아이이다. 그런데 그 아이들을 가만 보고 있자니, 둘이 어떤 한 아이를 두고 소위 '뒷담화'를 시작하는 것이었다. 그냥 넘겨선 안 될 일이다. 마지막 수업을 10분이나 일찍 끝내고 종례 시간을 조금 길게 가진다.

“지난번에 편식하지 말자는 이야기를 들었으니, 음식을 골고루 먹어야 한다는 것엔 다들 동의하지?"

"네."

"그럼, 이번엔 밥상 이야기를 해보자."

아이들의 눈빛이 느긋하다. 수업이 끝나고 곧 끝날 훈화라는 기대감의 편안함이리라.

"사실, 우리의 밥상엔 밥, 국이나 찌게, 고기 같은 것들이 주된 음식이고, 그 밖의 깻잎절임, 두부구이, 김구이, 콩자반, 씀바귀나 쏙새 무침, 멸치볶음, 달걀부침 같은 것들이 부수적으로 차려진다고 봐야 할 것이다. 그런데 이 부수적인 반찬들을 대접해서 고루 먹어주는 것이 바로 우리 몸에 영양을 균형 있게 공급하는 거다, 이 말이지."

먹는 이야기라서 그런지 아이들의 눈빛은 또렷하기만 하다.

"사람 사이도 이와 같다. 잘 생각해 보면 여러분은, 우리 반 친구 모두와 똑같이 친하다고는 말하지 못할 것이다. 아무래도 누구랑은 단짝 친구인데 또 누구랑은 그저 그런 사이의, 말도 함께 잘 나누지 않는 친구일 것이다."

"맞아요, 내 단짝 친구는 유경이예요."

서연이가 내 말에 동의해 주었지만, 조용히 하는 게 나를 도와주는 것이라며 가볍게 서연이를 제지한다.

"선생님이 오늘, 어쩌다가 아주 친한 두 친구가 다른 아이에 대해 자기들끼리 은밀하게, 나쁘게 말하는 걸 들은 것 같다. 너희들이 말하는 뒷담화 말이다. 선생님이 밥상 이야기를 꺼낸 것은 바로 이러한 태도를 바로 잡아주고 싶어서다."

몇몇 아이가 시계를 쳐다보았지만, 나는 아랑곳하지 않고 종이컵에 남은 녹차 한 모금으로 목을 축인다.

"교실이 밥상이라면, 너희들 모두는 서로가 서로에게 밥상에 차려진 영양가 높은 음식들일 것이다. 그런데 나와 친한 친구하고만 함께 놀고, 나와 맘이 딱 맞지 않는다고 해서 그 아이와는 놀지 않는 것은, 단맛만을 즐기는 편식과도 다르지 않을 것이다. 단것만 많이 먹으면 어떤 부작용이 일어날 수 있다고 했지?"

"충치가 생겨요."

"당뇨병에 걸릴 수도 있어요."

평소에도 대답 잘하는 영선이와 윤서다.

"음식을 먹어서 건강해지려면?"

"골고루 먹어요."

빤한 대답을 요구하는 질문엔 모두가 한목소리로 시원시원하게 대답을 잘한다.

"그러면 친구 관계를 건강하게 하려면?"

"골고루 사귀어야 해요."

다시 윤서다. 다른 아이들은 대답하지 않고 눈망울을 깜박거린다. 아이들 앞으로 한 발짝 다가서며 목소리에 힘을 넣는다.

"물론 주로 먹는 밥에, 고기반찬과 좀 더 친해지고 싶지만, 고른 영양 섭취를 위해 나물 반찬과 콩자반, 멸치나 미역무침도 한 젓가락씩 먹어줘야 하듯, 친구도 나랑 썩 잘 맞는 친구가 아니더라도 그 친구와 함께 팀이 되어 활동도 하고, 말도 걸어 보고, 또 가끔 놀이도 같이해야 건강한 친구 관계가 이루어지지 않겠습니까, 안 그런가요?"

"네, 맞아요."

윤서가 이렇게 꼬박꼬박 반응을 보이는 것은 이제 그만 빨리 집에 보내달라는 뜻이다.

"그런데 나와 잘 맞지 않는 어떤 친구에 대해서 뒷말, 그러니까 너희들 말로 뒷담화를 하는 것은, 반찬을 고루 먹지 않는 것과 같을 뿐만 아니라, 내가 싫어하는 반찬이라고 해서 깔끔하지 않은 젓가락으로, 그 반찬에 무엇인가를 묻혀 놓는 거랑 다름이 없는 행동이다, 이 말이다. 그런데 뭐가 묻어 있는 반찬은, 그걸 먹으려던 사람까지 젓가락이 잘 안 가게 만드는 행위가 아니겠나? 뒷담화라는 것은 내가 좋아하지 않는 사람에게 뭔가를 묻혀 놓는 것과 다름없는 행위인 것이다. 단순히 어떤 반찬에 더러운 것을 묻혀 놓아도 예의가 아닌데, 하물며 사람에게 뭘 묻혀 놓아서야 되겠습니까?"

"안 돼요. 절대 안 돼요."

윤서가 이번엔 진지하다. 아이들 대부분이 내 말에 동감해 주니 고맙다.

"오늘 종례가 좀 길었다만, 다들 잘 들어주어서 고맙다. 아무튼 앞으로 우리 반에선 다른 친구의 뒷담화를 하는 일이 없었으면 좋겠다. 약속할 수 있겠습니까?"

"네."

"네."

영은이와 은수도 조그맣게 입술을 벌려 대답한다.

배추벌레와 송충이

골고루 먹어야지
배추가 멸종되면
너도 멸종이지, 뭐.

송충이
너도
마찬가지야.

제19화 내가 버린 게 아니에요

도덕 시간이든 사회 시간이든 또는 국어 시간이든, 민주시민의 자질에 연관 지을 교과는 얼마든지 있다. 쉬는 시간이라도 좋다.

"내가 버린 거 아닌데요?"

내가 태윤이에게 옆에 떨어진 종잇조각을 주우면 좋겠다고 하였더니, 태윤이가 눈을 동그랗게 뜨면서 뜨악해한다.

"그래서 주울 책임이 없으니, 안 줍겠다?"

"네. 제가 버린 거 아니라니까요."

"그러니, 내 자리를 지저분한 대로 그대로 두겠다?"

"네, 그럼 어떡해요? 내가 한 게 아닌데요."

태윤이가 눈망울을 느릿하게 감았다 뜬다. 오히려 내가 이상하다는 눈치다. 흔하진 않았지만 나의 30년 교단 중 태윤이처럼 책임 소재를 분명히 하려는 아이가 몇 있긴 있었다. 태윤이는 태윤이의 논리가 왜 점검되고 있는지 이해하기 어려운가 보다. 태윤이에게 한 마디를 더 찔러 본다.

"태윤이가 아파트가 아닌, 마당이 딸린 집에 살고 있는데, 어떤 강아지가 와서 응가를 해 놓고 갔다면, 그게 태윤이네 강아지는 분명 아니고, 강아지 주인도 알 수 없다면, 그래도 그냥 그대로 둘 건가, 태윤이네 마당이 개똥 마당이 되었는데도?"

와르르 웃음이 터진다. 비로소 태윤이의 눈빛이 순해지면서, 목소리도 좀 낮아진다.

"그건 아니죠. 그건 다르죠."

그러면서도 태윤이는 여전히 자기 자리에 떨어진 종잇조각을 줍지는 않는다. 그때 태윤이 앞에 앉은 성종이가 몸을 일으켜 종잇조각을 줍는다. 나도 아이들도, 태윤이도 말을 멈추고 성종이의 행동을 지켜본다. 성종이가 종잇조각을 종이류 함에 넣고 돌아온다. 내가 본 것을 아이들도 보고 있었다. 내가 손뼉을 치자 아이들도 따라서 박수를 친다.

결국 또 나는 잔소리꾼이 된다. 봉사가 아름다운 것은 내 의무를 다하여, 내 일이 아님에도 불구하고, 남을, 남의 일을 돕는 행동이기 때문이다. 희생이 아름다운 것은, 누군가를 위해 자신의 권리를 포기하는 것이기 때문이다. 유관순 열사는 나라의 독립을 위해 자신의 생명까지도 희생시킨 분이다. 봉사와 희생의 의미를 좀 알겠느냐고 묻자 아이들 반쯤이 고개를 끄덕인다.

"겨울철에 눈이 오는 것은 사람이 한 짓이 아닌 것은 누구나 다 알 것이다. 그런데도 사람들은, 자기가 한 일이 아닌데도, 그대로 두면 길이 얼어서 다른 사람이 자기 집 앞에서 미끄러져 넘어질까 봐, 또 집 앞을 깨끗이 하기 위하여, 스스로 눈 치우기를 한다. 이처럼 사람들은 자기가 저지른 일이 아니더라도 생활 속에서 봉사를 실천하면서 살아가고 있단다."

이야기를 마치면서 성종이와 태윤이에게 번갈아 눈을 맞춘다.

"태윤아, 내가 버린 쓰레기는 아니지만 줍지 않는 것보다 줍는 것이 더 아름답겠지? 지금의 태윤이 자리는 조금 전의 태윤이 자리보다 깨끗하지?"

태윤이가 고개를 끄덕인다.

"그래, 이제 태윤이의 마음이 바뀌었다니 선생님도 기분 좋다."

성종이를 불러낸다. 태윤이도 불러낸다. 성종이에게 아몬드 두 알, 태윤이에게 아몬드 한 알을 준다. 그리고 모든 아이들에게도 아몬드 한 알씩 나누어 준다. 아몬드가 과용되었다.

빚

난 아무것도 준 게 없는데
'먹을래?'
짝꿍이
귤 한 조각 내민 걸 받을 때

난 왠지
짝꿍한테 지우개 안 빌려준
어제가 생각나
오늘을 빚진 느낌이 들곤 해

내가 버린 건 아니지만
내 발밑에서
담배꽁초 휴지 병뚜껑
하나하나 주우시며
자원봉사 할아버지 할머니들
지나가실 때

난 왠지
세상에 빚진 느낌이 들어
그분들에게서
내 그림자까지 치우곤 해

제20화 삶이 그대를 속일지라도

교사도 가끔 위로를 받아야 한다. 영찬이가 또 친구를 때려서 울렸다. 폭력성 쯤은 이제 다 교정되었으려니 했는데…, 영찬이의 폭력성을 교정하기 위해 영찬이에게 넌 뭘 했느냐고 묻는다면 나는 정말 서운할 것이다. 남들 몰래 준 아몬드가 한 줌은 넘을 것이다. 체육 시간, 경기 결과에 성내지 않은 일에 대하여 어깨를 두드려주고 머리를 쓰다듬어 준 일은 또 몇 번이었던가. 경기 형 체육 수업 때마다 수업에 앞서 경기 결과가 아니라 참여하는 태도가 중요하다느니, 경기가 뜻대로 되지 않는다고 해서 화를 내는 어리석은 아이는 우리 반에 없을 거라는 등의 사전지도는 사실 영찬이의 마음을 다독이기 위한 것이지 않았는가. 작은 일이지만 칭찬거리를 모아 영찬이 어머니께 휴대폰 메시지를 보내며 집에서 칭찬받도록 신경 쓴 적이 한두 번이었던가. 폭력성으로 모든 것을 망친 사람들의 사례를 찾아 들려준 것은 또 몇 번이었던가.

영찬이를 남겨 호통을 치고, 맞은 아이에게 정확하게 말로도 사과하고, 사과 편지를 써서 전해 주도록 한 뒤, 맞은 아이의 부모님께 사건의 개요와 결과를 말씀드렸다. 아울러 제대로 지도하지 못한 점에 대해 용서를 구하고 나서 전화를 끊었다. 영찬이의 폭력성을 아주 교정하진 못한단 말인가? 빈 교실에서 가만 혼자 넋을 놓는다.

현대의 교사는 과학에 터하지 않은 것은 교육하지 않는다. 그럼에도 불구하고 아이들은 전혀 과학적이지 않다. 가르친 대로 행동하지 않을 뿐만 아니라, 쏟아 넣어 준 열정만큼 성장하지도 않는다. 분명히 잘 알아들은 것으로 보였는데도 엉뚱한 행동을 하고, 순서와 질서를 배우고도 본능적으로 먼저 차지하려 든다. 열 번을 타이르지만, 그때만 듣는 척할 뿐 다시 또 그 행동을 되풀이하여 교사의 속을 태운다. 영찬이의 폭력성도 그렇지 않은가. 영찬이에게 내재된 폭력성을 나는, 영찬이가 5학년이 되기 전에 완전히 소멸시킬 수 있을 것인가.

우울 속에서 알렉산드르 푸시킨의 시구를 의식 위로 꺼낸다. 그래, 삶이 나를 속일지라도 슬퍼하지 말자. 노하지 말자. 우울한 날들을 견디면 기쁨의 날이 오겠지.

푸시킨은 지금의 내 마음이 이럴 줄 어찌 알았을까? 정확히 나를 위로하기 위해 쓴 시가 아닌가? 어릴 적 외워 둔 시의 위로를 받으며 자리에서 일어선다. 몸이 엿가락처럼 늘어지도록 기지개를 켠다.

'그래, 그래도 영찬이는 확실히 많이 나아지지 않은가? 영찬이를 포기할 내가 아니다.'

영찬이 어머니에게 전화를 연결한다. 오늘 학교에서 있었던 일에 대해 이야기를 전해드리고, 꾸지람을 들어야 할 일이지만 너무 혼내지는 말라는 부탁을 드린다. 그동안 축구에서 져서 화가 났을 때, 영찬이가 잘 참아 올 때마다 내가 기특하게 여겨왔다는 것, 경기 결과에 화를 내는 것이 옳지 않다는 것을 알지만, 그래도 가끔 마음에서는 화가 난 것 같은데, 그래도 그때마다 잘 참아 온 것, 오늘도 나와 폭력적인 행동을 하지 않겠다고 약속을 했으니 지키려고 노력할 것으로 기대한다는 것, 오늘 일로 영찬이도 깨달은 바가 많을 것이라는 말로 위로하는 것도 잊지 마시라는 부탁으로 전화를 맺는다.

멸치볶음

바닷속에선
은빛 바늘 떼였으리라
떼지어 바닷속 여기저기
깁고 다녔으리라

그물에 담겨 떠오를 땐
산산이 깨어진,
빛으로 잘게 깨어진
조각들이었으리라

더러는 헤엄치던 모습으로
더러는 꿈틀거리던 모습으로
더러는 꼿꼿한 모습으로
녹슬며 건조되었으리라

프라이팬 나무 주걱에
이리저리 몰리면서,
기름 범벅으로 몰리면서
얼마나 몸이 달았을까

멸치볶음을 입에 넣고
잘근잘근 씹는다.
헤엄치라, 맘대로 헤엄치라
경직에서 해방시켜 멸치를
내 몸속으로 놓아준다.

제21화 좋은 선생님을 선물해주십시오

차마 이런 말은 우리 반 학부모들껜 못하는 말이다. 그러나 내가 교감이나 교장이 된다면 학부모님들께 꼭 하고 싶은 말이다.

"아이가 정말 사랑스럽죠? 뭐라도 좋은 게 있으면 아이에게 먼저 챙겨주시죠? 아이를 낳고부터는 삶의 중심이 아이에게로 옮겨지셨죠? 아이에겐 항상 좋고 귀한 것을 주고 싶으시죠?"

그리고 나는 약간 뜸을 들였다가 다시 말할 것이다.

"저는 부모님이 아이에게 꼭 주어야 할 것이 세 가지 정도라고 생각합니다. 첫째는 가족이고, 둘째는 책이며, 셋째는 좋은 선생님일 것입니다."
또 잠시 물을 한 모금 마시며 뜸을 들였다가 입을 열 것이다.

"학부모님들 사이에선 어떤 반 선생님이 더 좋다더라는 이야기가 돌고 있을지 모르겠지만, 사실 객관적인 선생님의 자질에는 큰 차이가 없습니다. 모두 다 임용고시를 통과하신 분들입니다. 선생님 되기가 얼마나 힘들면 '고시'라 하겠습니까? 임용고시는 모두 3단계에 걸쳐 치러지는데, 모두 다 3단계를 통과하여 임용되신 분들이니까요. 그런데도 학부모님들의 말씀을 들어보면, 더 좋은 선생님이 있긴 있나 봅니다. 그런데 아이에게 좋은 선생님을 주는 것은 사실 간단합니다. 좋고 나쁜 선생님은 바로 학부모님들이 만드는 것이니까요. 부모님이 '너희 선생님, 참 공정하고, 실력 있고 솔직하신 분이시더라' 라고 아이에게 항상 좋은 평을 해 주시는 것으로 끝입니다. 정말 그 말씀 하나로 아이의 담임선생님은 좋은 선생님이 된다니까요. 좋은 선생님의 효과는 정말 대단합니다. 좋은 선생님을 만나면 아이가 선생님 말씀에 귀 기울이고, 선생님 말씀을 바르게 믿고 따르게 되고, 그래서 바르게 알게 되고, 아이가 선생님과 친하게 되고, 아이의 학교생활이 즐겁게 되니까 말씀입니다. 그런 선생님을 학부모님들께서 간단히 만드실 수 있다, 제 말씀은 그 말씀입니다. 실로 학부모님의 선생님에 대한 평가가 아이에게 미치는 위력은 대단합니다. 학부모님께서 '너희 선생님은 공부 잘하는 애들만 좋아하지 않냐? 선생님이 뭐 그렇게 엉터리냐? 네가 잘못한 게 없는 것 같은데 왜 너만 혼내고 난리냐?' 학기 초에 아이에게 이렇게 말씀하셨다면, 학부모님께선 아이에게 나쁜 선생님을 주신 겁니다. 아이는 항상 선생님은 불공평하다고 생각하게 되고, 자기만 늘 억울하게 혼난다고 생각하게 되며, 선생님의 주의나 훈시에 콧방귀를 끼게 될 것입니다. 공부 시간에 선생님의 설명이나 안내를 잘 듣지 않게 될 테니, 공부도 점점 좋아하지 않게 될 수도 있습니다. '선생님이 그러시는 건 다 이유가 있으실 거다. 너희 선생님이 요즘 많이 바쁘신가 보다, 선생님은 애들 가르치는 일에만 신경 써야 하는데, 일이 치이시나 보다. 안 됐네. 어서 바쁜 일이 끝나셔야 할 텐데….' 이렇게 아이의 생각 속에 선생님을 다시 반듯하게 돌려놓으시고, 아이가 듣지 않는 데서 선생님께 예의를 갖추어 전화로 진상을 알아보셔야 합니다. 그리고 선생님과의 대화를 통해 알게 된 사실을 아이에게 바로 전해주시는 교양이시라면 선생님은 학부모님께 되레 감동하여 점점 더 좋은 선생님이 될 것입니다. 이건 제가 장담합니다."

나는 늘 모든 학부모님께 이런 말씀을 드리고 싶지만, 안타깝게도 그런 기회는 많지 않다. 다른 반 학부모님이 담임선생님을 만나려고 기다리는 동안, 녹차라도 한 잔 건네면서 우연히 이야기를 터서 이런 말을 할 기회가 되었을 때, 나는 남의 반 학부모를 두고 얼마나 신이 났는지 모른다. 모든 선생님들을 응원하고 모든 학부모님께 이런 간단한 비결을 말씀드릴 기회가 있을는지 모르겠지만, 그런 기회가 온다면 나는 꼭 학부모님들께 '아이에게 좋은 선생님을 선물하십시오' 하고 주문하고야 말 것이다.

구피

구피가 생일선물이란다.
물고기는 좋아하면서도
붕어 어항 하나
제대로 못 기르는 내게 맞춘 거란다.

은색 드레스
푸른 형광 드레스
표범 무늬 드레스
불꽃 드레스

각양각색의 지느러미에 홀려
며칠 구경하다가
숟가락으로
초록 꼬리를 떠낸다.
호피 무늬 꼬리를 떠낸다.
갈래 꼬리를 떠낸다.

먹이도 많이 필요 없고
물 갈 일도 많지 안 댔는데
고 좁쌀만 한 주의를 잊은 게으름

- 구피는 잘 자라지?
- 줬음 그만이지, 왜 물어?

가슴 덜컥 내려앉는다

제22화 버섯 키트를 키우는 이유

올해도 버섯 키트를 준비한다. 내가 버섯 키트 재배를 계속하는 이유는 공부 잘하는 아이, 운동 잘하는 아이, 성실한 아이가 아닌, 그래서 한 번도 주인공이 되어보지 못한 그 누군가를 종종 버섯 키트가 주인공으로 만들어 주기 때문이다.

아무리 학교가 그런 곳이 아니려고 해도, 학교라는 곳은 아이들에게 승리감과 패배감, 좌절감 혹은 진보감, 지체감 또는 성공감, 만족감 또는 불만족 등의 심리적 경험을 제공하게 된다. 어릴 때는 신은 인간에게 한 가지씩은 잘하는 능력을 주셨다는 말을 듣고, 믿고 자랐지만, 교단에서도 이제 그 말을 믿는 선생님은 그리 많지 않은 것 같다.

30년 교단에서 살펴본 아이들은 다양하다. 어떤 아이는 공부를 탁월하게 잘하고, 어떤 아이는 운동을 탁월하게 잘한다. 어떤 아이는 그림을 기가 막히게 잘 그리고 또 어떤 아이는 악기 연주에 타고난 재능을 보인다. 그러나 어떤 아이는 공부도 잘하고 운동도 잘하는데 거기다가 미술이나 음악 방면에까지 두루 다재다능하다. 그리고 이런 경우가 점점 두드러지는 현상이 되어 가고 있는 것이 현실이다. 대부분의 선생님들이 '공부 잘하는 아이가 운동도 잘하고, 글쓰기, 미술, 음악도 잘하는 데다가 착하기까지 해.' 라고 증언(?)하기를 주저하지 않는다. 물론 공부는 잘하지만, 인성은 심각하게 걱정스런 아이도 있다. 운동은 잘하지만 다른 것은 하나도 안 되는 아이도 있다. 보면 즐거운 아이, 믿음직한 아이, 그리고 이와 반대로 거의 매일 속 썩이는 아이도 있다. 한 마디로 아이들은 다양하다. 그러나 있는 듯 없는 듯 그저 존재만 하는 아이들도 있다는 사실을 우리는 가끔 간과하기도 한다. 그 아이들의 입장에서 보자면 이것도 저것도 다 안 되어서 선생님이 일부러 이름을 불러주지 않는다면 학교생활 내내 거의 눈에 띄지 않는 아이들이다. 이 아이들은 성격이 모나지도 않은데 공부 실력이나 운동 능력이 그저 그러하여 교과 공부 시간에도 체육이나 음악, 미술 시간에도 빛을 발하는 일이 거의 없다. 그래서 주인공이 되어 주목받아 본 경험이 거의 없다.

몇 년 전부터 학년말에 아이에게 버섯 키트를 나눠주고 약 열흘 정도 함께 교실에서 재배해 왔다. 버섯 키트는 모두 아이들이 막 새로 받은 교과서와 같이 정갈하고 깔끔하다. 재배 방법은 그저 은은한 온기의 그늘에 두고 하루에 세 번 정도 분무기로 물을 분사해 주는 것이 전부일 정도로 간단하다. 일부러 그럴 리는 없지만, 버섯 균사는 꼭 정성을 많이 들인 아이의 키트에서 먼저 올라오진 않는다(물론 그럴 수도 있겠지만). 며칠 지난 아침, 등교하는 아이들의 눈을 동그랗게 만드는 것은 공부를 잘하는 아이의 키트가 아닐 수도 있다. 운동을 잘하는 아이도 아닐 수 있으며, 엉뚱하게 게으른 아이의 것일 수도 있다. (물론 미운 짓만 골라서 하는 아이의 키트가 먼저일 수도 있다. 뭐 그래도 상관없다) 평소에 거의 성공 경험이 없는 아이의 키트일 수도 있다. 아이들의 눈이 동그래져서 평소 주목된 적이 별로 없는 아이의 이름을 외친다.

"선생님, 은미 버섯 많이 나왔어요."
"선생님, 은미 버섯만 자라요."
"아니야, 서준이 것도 막 나오고 있어."
"인결이 것도 가늘게 두 줄기 나왔어."
"은미 버섯이 제일 잘 자라네."
"어, 이거 누구 버섯이야? 은미 거야?"

은미는 공부든 운동이든 미술이든, 음악이든 모둠학습이든 개별

학습이든, 어떤 기회에서도 크게 주목받아 본 적이 없는 아이이다. 은미는 4학년이 된 이래로 오늘처럼 자기 이름이 많이 불려 본 적이 없었을 것이다. 그런 은미를 버섯 여섯 송이가 아무 조건 없이 짜릿한 승자로 지목한 것이다. 올해도 버섯 키트가 저도 모르게 제 역할을 다한다.

겨울 진달래

12월 찬바람에
귓불까지 시린데

철모르고
꽃이라니

돌담이 바람 가려주고
아랫목처럼 몇 날
햇살 뭉근하다고

철모르고
분홍 꽃 내밀다니
사람들 다 쳐다보고 가잖아
거 봐, 손 시리지?

그래, 그래
혀를 '쯧쯧' 차든 말든
신기해 눈 동그랗던 어쨌든

그래, 그래
오늘은
철없는 네가 주인공이다.

제23화 배를 쥐고 웃는 하루

두 시간을 묶은 블록 수업이 잘 되고, 단원이 훌륭하게 마무리되었다. 굳이 다른 과제를 더 내주지 않아도 이미 수업 목표는 훌륭하게 달성된 것으로 판단한다. 그리고 시간은 25분이나 여유가 있다. 이런 날 한 30분쯤은 아이들을 '애늙은이'에서 해맑고 장난기 많은 '어린이'로 돌려놓아도 좋겠다고 생각했다. 근 25, 6년 전에 아이들 배꼽 빠지게 하는 레크레이션을 만났고, 그것은 25, 6년째 고스란히 내 것으로 편취(?)하여 활용 중이다.

"오늘은 선생님이 여러분에게 '신남', '웃겨서 참을 수 없음', '너무 재미있어서 멈추고 싶지 않음'을 선물하려고 한다."

도대체 무슨 말이냐는 듯 교실 전체의 아이들에게서 기대에 찬 눈빛들이 오목렌즈로 모은 초점처럼 내게 모인다.

"게임을 하나 알려주려 한다."
"어떤 게임인가요?"
"와, 게임 좋아요."

아이들이 두서없이 자신의 기분인지, 질문인지 모를 말들을 와르르 쏟아낸다. 약속한 대로 약 25분간 아이들은 깔깔대고, 발을 굴러대며 신이나 소리를 지르다가 겨우 수업 종료 종소리를 듣는다.

노래는 이미 다들 아는 노래이면 좋고, 그렇지 않더라도 매우 간단해서 바로 배우면서 적용할 수 있으면 된다. 노래는 간단한 손동작 몸동작 등을 함께 수행할 수 있는 노래여야 한다. '퐁당퐁당'이나 '버스에서' 등은 오래된 노래이지만 오늘 아이들과 함께 불러보니, 지금도 아이들이 배우고 즐기는 데엔 여전히 유효한 선택이다. 아이들이 잘 모르는, 교사만 아는 노래를 꼭 적용하고 싶으면 이전의 어떤 시간에 '동작'과 함께 미리 가르쳐 두었어야 한다.

함께 노래를 부르다가 아무 때나 내가 '가위바위보'를 외치면, 아이들은 노래를 바로 멈추고 가위바위보를 하여 승패를 결정한다.

비기면 이길 때까지 하면 된다. 누군가 이겼고, 누군가 졌다. 이럴 때의 승패로 기분 나쁜 아이들은 하나도 없다(가위바위보는 '운명(?)'이니까). 진 사람에게 먼저 동작을 시킨다. (진 사람, 머리에 손 / 두 손 벌 / 열중 쉬어 자세 / 책상에 엎드려 / 두 귀를 잡아 ….) 다음은 이긴 사람이 즐길 차례다. (이긴 사람은 진 사람의 머리를 쓰다듬으며 '넌 내 부하야' 라고 말합니다 / 코를 잡고 살살 흔들어줍니다 / 턱을 간질여줍니다 / 인디언 밥을 해줍니다 / 겨드랑이를 간질입니다 / 이번엔 옆구리를 간질입니다 / 입 냄새를 뿜어줍니다 / 방귀를 먹여줍니다 / 양쪽 눈꼬리를 내려 슬픈 표정을 만들어줍니다 / 눈꼬릴 올려 화난 표정을 만들어 줍니다 / 오른손의 집게와 중지 두 손가락을 뒤집어서 진 사람의 콧구멍으로 돌진합니다….)

벌칙을 기상천외하게 그러나 절대로 성적 표현이나 행동, 성추행 등의 문제가 되지 않게, 다양하게 개발할수록 게임의 재미는 증폭된다. 때로는 반전도 필요하다. 이긴 사람이 진 사람에게 벌칙을 가할 기대에 잔뜩 부풀어 있을 때, 이긴 사람을 먼저 불러 동작을 취하게 하고 엉뚱하게도 공격권을 진 사람에게 부여하는 것이다. 게임은 다소 지저분해도 좋다. 다만, '세수시켜 주세요', '손가락을 입술로 깨물어주세요', '혀로 놀려주세요' 등등. 3단 벌칙도 좋다. 진 사람은 열중쉬어 자세, -이긴 사람은 진 사람의 코를 두 손바닥으로 맞댄 채 손끝을 벌려 살짝 잡습니다. -진 사람은 이긴 사람의 손바닥에 코를 풉니다.

중요한 것은 게임을 당기고 늦추는 역량을 꼭 갖추고 있어야 한다는 것. 아이들은 벌칙을 다 수행하지 못했어도 된다. 교실이 너무 소란하면 게임과 교실은 동시에 무너지고 만다. 소란은 5초를 넘기지 않아야 한다. 이긴 사람이 벌칙을 진행할 시간 5초가 지나면(진행하지 못했어도 괜찮다) 나는 바로 큰 소리로 '하나, 둘, 셋, 넷'을 빠르게 세고 게임 노래를 선창한다. 아이들은 당연히 노래를 함께 따라 부르며 새로운 행운을 기대하며 새로 가위바위보 승부를 보기 위해 모두 합류된다.

우리 반 교실이 들썩거려서 이웃 반에 폐가 되진 않았나 슬쩍 눈치가 보인 4교시였다.

신나는 참새들

모이기만 하면
만날 수다

웅덩이만 보면
물장난

빵부스러기만 봐도
촐삭촐삭

겁은 많아서
뭔 소리만 나면
우르르 도망갔다가

뭔 일도 아닌 줄 알면
포르르 날아오고

향나무 속에선 아주
재잘재잘재잘재잘
포릉포릉포릉포릉

향나무는
그냥 온종일
참새 나무다.

제24화 명궁은 활쏘기를 멈추지 않는다

리코더 불기가 잘 안 된다고 멍하니 있는 아이가 있다. 벌써 몇 주째 아침 활동의 과제라서 대부분의 아이들은 정해진 곡을 연습하여 제대로 조화롭게 소리 내고 있는데…. 아이를 불러낸다. 천천히 운지를 지도한다. 아이의 손가락이 떨린다. 소리가 길게 늘어졌지만 그래도 결국 짚어낸다. 처음부터 연주해 보도록 독려한다. 다시 그 높은 '미'음에서 잡느라 머뭇거린다. 리코더를 입에서 떼지 않도록 하고 경직된 아이의 손가락을 직접 잡아주며 운지를 돕는다. 겨우 소리가 이어진다. 손뼉을 쳐 준다 아이가 씨익 웃는다. 한 번 더 해 보도록 한다. 이번에도 다시 높은 '미'음에서 걸렸지만 억지로, 억지로 넘어간다. 다시 한번 시도, 다시 또 한 번.

"어때?"

"잘 못 하겠어요."

"아니야, 잘했어. 그렇게 자꾸자꾸 하다 보면 쟤네들처럼 되는 거야. 자, 네 자리로 들어가서 혼자 연습할 수 있겠지?"

나는 이순신 장군 이야기를 너무 자주 끌어들이긴 하지만, 오늘의 훈화도 이순신 장군 이야기다. 자료에 따라선 조금 다르지만 조선 시대 평균 수명은 서른다섯 살 안팎이라고 한다. 그런데 장군이 무과를 공부하기 시작한 게 스무 살, 그로부터 열심히 수련하여 무과 시험을 처음 치른 게 스물여덟 살, 그리고 그 시험에서 떨어져서 다시 사 년 후인 서른두 살에야 급제하였다는 것. 평균 수명으로 따지면 남은 인생이 삼 년 정도밖에 안 남은 것이니, 그 당시로 따지면 서른두 살이면 엄청 늦은 나이였다는 걸 알고 한 아이가 놀란다. 다행히 조선을 지킬 운명이어서 그랬는지 몰라도 장군의 돌아가실 때 나이는 쉰세 살이었다니까, '엥, 그러면 할아버지네'라며 그 아이는 또 한 번 가슴을 쓸어내린다. 나중에 삼도수군통제사가 되어 나라를 지키는 일을 하던 중에도 틈만 나면 활쏘기 연습을 했다는 이야기. 나이 오십이 넘어서도 화살 오십 발을 쏘아 사십 이 발을 명중시킬 정도로 나이가 들어서도 기량이 출중하였다는 것. 명궁은 누군가에게 명궁으로 인정받는 것으로 만족하는 게 아니라, 남들이 명궁이라 평하든 말든 끊임없이 활쏘기 연습을 계속함으로

써 진정한 명궁이 된다는 데 힘을 준 나의 말을 아이들이 잘 알아들었을까? 결국 나는 또 사족을 붙인다.

"이미 장군이 되신 이순신 장군도 틈날 때마다 평생 활쏘기 연습을 하셨듯이 너희들도 틈날 때마다 리코더 연습을 한다, 알겠나? 오늘의 종례 끝."

아이들이 비명을 질러댄다.

자존심

너,

그때처럼

그 실력 그대로야?

그때처럼

그만큼 연습해?

그때처럼

시간 아껴서?

그때처럼

끝까지 포기하지 않을 수 있어?

그런데

왜 그렇게 뻣뻣해?

그까짓

그림자도 없는

왕년을 가지고.

제25화 책은 많이 읽는데 내용을 물어보면 하나도 몰라요

학부모 상담 기간은 선생님이나 학부모의 입장에서 아이들을 제대로 이해할 수 있는 중요한 기회인 게 틀림없다. 나는 생활면이나 학습면에 대해서 이야기를 나누고 나면 꼭 아이가 책을 얼마나 읽는지, 독서가 얼마나 중요한지에 대해서 내 주장을 펼치곤 한다. 독서에 관한 상담은 상담이라기보다 나의 일방적인 주장이다.

"2학년 때까진 지윤이가 책을 많이 읽는 것 같더니 요즘은 별로 안 읽는 것 같네요."

독서에 대한 이야기는 지윤이 어머니가 먼저 꺼내신다.

“독서의 중요성을 강조한 경구나 위인, 저명인사는 어머니도 아시듯 요즘에도 참 많습니다. 컴퓨터 황제라는 빌 게이츠만 해도 ‘오늘의 나를 있게 한 것은 우리 마을 도서관이었다. 하버드 졸업장보다 소중한 것은 독서 하는 습관이다'라고 했다네요.”

지윤이 어머니가 의자를 고쳐 앉으며 물으신다.

“선생님, 지윤이가 책을 많이 읽게 하려면 어떻게 해야 되나요?”

이쯤에선 나도 심호흡을 해야 한다. 드디어 나의 독서론을 펼칠 시간이다.

“아이가 책을 읽는 것에 관심을 가져 주는 것부터 시작하면 좋을 것입니다. 가볍게는 읽고 있는 책이 무슨 책이냐고 묻는 데서 출발하여 가끔 그 책의 주인공은 어떤 인물이냐고도 물어보면 더 좋지 않을까요? 조금만 더 나아갈 수 있다면 아이가 학교에 간 사이에 아이가 읽고 있는 책을 몇 페이지만이라도 읽고 난 뒤, 아이가 돌아와 간식 혹은 저녁 식탁에 앉았을 때 책 이야기를 나눌 수 있으면 더 좋겠지요. 일부러 책 내용을 틀리게 말하거나 물어서 아이가 엄마의 오류를 고쳐주고 싶게 만드는 것도 좋은 전략 이 되지 않을까, 저는 그렇게 생각합니다.”

긴 이야기에도 지윤이 어머니가 지루해하지 않으신다. 어쩌면 나를 배려하신 것일 거다. 나는 물 한 모금이 또 필요하다.

어떤 어머니는, 아이가 책은 많이 읽는데 물어보면 내용은 하나도 말 못 한다며 걱정하신다. 그러면서도 여전히 책은 잘 읽는 것 같으니 당신 아이의 독서는 그런대로 괜찮지 않겠느냐고 말씀해 놓곤 내 눈치를 살피신다. 나는 단호하게 그런 독서는 안 된다고 대답한다. 비유가 제대로 되는 건지 모르겠지만 그런 독서는 모래 섞인 콩을 걸러내지 못할 만큼 눈이 아주 굵은 체와 같은 것이다. 눈이 가는 체라야 콩을 걸러낼 수 있지 않겠는가. 요즘은 아이를 조금만 힘들게 해도 그것은 교육이라기보다 아동 인권의 침해나 아동 복지의 훼손쯤으로 치부하는, 잘못된 해석도 없지 않은 것 같다. 독서록 쓰기 교육이 그중 하나인 것으로 여겨지는데, 독서록 쓰기 활동은 제대로만 지도한다면 사실 그 효용성을 일일이 논하기도 벅찬 굉장한 가치를 지니는 교육활동이다. 아이가 독서록 쓰는 활동을 싫어하거나 부담스러워하지 않는다면 독서록보다 더 좋은 독서 교육은 없다고 본다. 그렇지만 독서록 검사를 해보면 어떤 아이는 정말 힘들어한다는 것을 알 수 있다. 그런 친구들을 위해 보다 쉽고 부담도 적은 여러 가지 독후 활동이 개발되어 있고, 또 더 개발될 여지도 있다. 아이가 그림 그리는 활동을 좋아한다면 독후화를 그려도 좋다. 말하는 걸 좋아한다면 읽은 책에 대해 이야기를 해보도록 하는 것도 좋은 독후 활동이다. 만약, 아이가 책을 읽고 나서 가족 누군가에게 스스로 책 이야기를 한다면, 아이가 마음껏 이야기하도록 추임새를 넣어 주어야 한다. 그거야말로 기특한 일인 것이다. 아이가 할 말을 다 하게 하고 난 뒤에, 그렇게 하도록 충분히 추임새를 넣어 준 뒤에, 엄마가 묻고 싶은 것을 물으면 된다. 책은 아이가 읽고, 이야기는 엄마가 주도하면 안 된다. 아이는 지금 모래 섞인 콩을 스스로 체질하여 콩을 걸러내는 중인 것이다. 이미 걸러낸 모래를 엄마가 다시 떠서 체에 담아주면 안 된다. 이야기에 능숙하진 않지만, 그래도 아이가 읽은 책에 대해서 이야기를 시작할 땐 가족이 귀를 기울이며 이것저것 물어주고, 가족들의 질문에 아이가 자신의 독서한 바에 근거해 대답하거나, 자신의 견해를 말할 수 있을 정도로 이끌어 준다면 가족은 모두 아이에게 대단히 훌륭한 독서 지도사인 것이다. 그런 활동들이 바로 모래나 콩이 다 빠져나가고 마는 눈 굵은 체를, 콩을 제대로 걸러내는 눈 가는 체로 바꾸어 주는 활동인 것이다. 그렇게 체에 남은 것들이 아이의 정신적, 정서적, 인성적, 지식적 자양이 되는 것이다. 단언컨대 책은 인간의 종합영양제이다. 책을 읽고, 제대로 소화를 시켜야 한다.

지윤이 어머니가 '제대로 해낼 수 있을지 모르겠지만, 선생님 말씀대로 해 봐야겠네요' 하고 어색하게 웃으시며 종종걸음으로 교실을 나선다.

'지나친 설교였을까?'
혹 지윤이 어머니는 속으로 너나 잘하세요, 하며 아니꼬왔을까?

말을 많이 한 나는 마음이 개운치 않고, 또 목이 칼칼하다.

산책

세상 살면서
책 한 줄 읽을 시간쯤
언제나 있기를

책 읽을 때마다
내가 모자란 것을
더러더러 깨닫게 되기를

평생토록
책에
물리지 않기를

책이
나를
속이지 않기를

난제로 고심하던 발걸음
문득
교보서적 서가 사이를

서적서적
거닐고 있기를

제26화 꼭 호랑이가 되어야 한다면 호랑이가 되겠다

아이들에게 결코 호랑이가 되고 싶지 않다. 그런데 꼭 호랑이가 되어야만 하는 상황이 생긴다면…, 호랑이가 되어야 한다. 처음 호랑이가 되었을 땐, 호랑이로서, 호랑이답게 모질어야 한다. 그리고 마지막엔 안타까운 호랑이가 되어야 한다. 내가 호랑이여야만 한다면 꼭 그런 호랑이여야 한다, 스스로 다음을 다스리고 다스린다.

결국 또 영찬이가 일을 벌였다. 벌써 세 번째이다. 여자아이 하나가 얼굴이 온통 눈물로 젖은 채로 엉엉 울면서 들어왔고, 그 아이를 부축하여 온 다른 여자아이들 모두 흥분으로 몹시 들뜬 상태로 들어왔다. 점심시간에 피구를 하던 중 영찬이가 금을 밟지 않았다며 발로 심장(?)을 걷어찼단다. 상황을 맞닥뜨린 나도 분노가 끓었다. 호랑이다. 영찬이에게 나는 호랑이가 되어야 한다. 영찬이를 찾아 나섰고 영찬이는 계단을 올라오는 중이었다. 영찬이의 손목을 낚아채서 연구실로 거칠게 이끌고 들어간다. 휴식 중인 동료 선생님들께 양해를 구해 연구실을 비워 달란다. 연구실에 영찬이를 홀로 남겨두고 복도에서 영찬이 어머님과 통화한다. 운동장에서의 일을 간략히 설명드리고, 오늘은 진짜로 크게 혼내야 할 것 같은데, 동의해주시겠느냐 의견을 구한다. 큰 소리로 무섭게 꾸짖을 거라 했다. 영찬이 어머니의 '그러시라'는 대답 끝의 떨림을 의식하며 전화기를 닫는다. 연구실엔 영찬이와 나, 단 둘뿐이다. 호랑이로서 아이에게 첫 번째로 보일 것은 호랑이다운 포효, 으르렁거림이다. 성량을 최대로 끌어올려 영찬이에게 호통을 친다.

"폭행이라니, 사람을 때리다니, 그것도 여자애 배를 발로 걷어차다니, 네가 폭력배냐?"

순식간에 영찬이의 놀란 눈에 두려움이 가득 차오른다.

"세상에서 인간으로서 가장 못된 짓이 사람을 해치는 일이라고 했어, 안 했어?"

즉답한다.

"했어요."

"그런데? 그런데 왜 선영이 배를 발로 걷어차? 선영이네 부모님한테 선영이가 얼마나 소중한 아이인지 알아, 몰라? 사람을 때리는 것은 인권을 처참하게 짓밟는 가장 나쁜 짓이라고 말했어, 안 했어?"

"했어요?"

영찬이의 두려운 눈에서 눈물이 고인다. 그렇다고 여기서 그칠 일이 아니다. 영찬이에게 이유를 물어야 한다.

"선영이를 왜 발로 찼어?"

눈물이 그렁그렁한 채로 쭈뼛쭈뼛 말을 못한다.

"선영이 왜 때렸냐고?"

"… 피구 하는데, 내가 금을 안 밟았는데 선영이가 금 밟았다고 우겨 서요…."

점심시간이 5, 6분밖에 남지 않았다. 아무리 호랑이라도 시간은 챙겨야 한다. 모든 아이들의 시간은 내 시간보다 중요하다. 모든 아이들의 시간은 영찬이를 꾸짖는 시간보다 중요하다.

"그게 선영이를 폭행할 만큼 심각한, 나쁜 일이었냐?"

"아니요."

마무리 지어야 한다.

"그런데 왜, 그것도 발로, 그것도 배를 걷어찼냐?"

"……."

"지난번에도 같은 문제로 친구를 때리더니, 이번에도 겨우 '금 밟은 일'로?"

영찬이는 대답하지 못하고, 드디어 주르륵 눈물을 흘린다.

"그래서, 선영이한테 어쩔 거야. 사람이 폭행을 당하면 몸만 다치는 게 아니라 마음마저 상처를 입는 건데, 선영이한테 어떻게 할 거야?"

"사과할게요."

"말로만 사과한다고 될 일이냐, 이게?"

"……."

"말로도 사과하고, 진심을 가득 담은 편지로도 사과할 거야, 안 할 거야?"

"편지로도 사과할게요."

"대충?"

"아니요, 진심으로요."

이쯤에서 정말 마무리 지어야 한다. 나는 갑자기 아무 말도 하지 않고 20초쯤 영찬이와 나 사이에 시간이 흐르도록 그대로 둔다. 영찬이와 나 사이에 정적이 흐른다. 영찬이가 정적 속에서 어깨를 들먹인다.

영찬이를 가만 안아 준다. 영찬이의 어깨가 들먹거린다. 목소리를 낮춘다.

"내가 너를 얼마나 기대하는데 이런 나쁜 행동을 또 했니? 나는 정말 너한테 기대가 큰 데 너는 나한테 거듭 실망을 주는구나."

영찬이의 들먹거리던 어깨가 잦아든다.

"너는 지난 3월 첫날, 친구들에게 선생님을 좋은 선생님이라고 소개했고, 호랑이 선생님이라고도 소개했다. 그렇지만 나는 호랑이는 그만두고 정말 좋은 선생이 되려고 했다. 그리고 나는 네가 작은 화쯤은 이젠 간단히 참을 수 있다고 생각하고 있었다. 아무리 훌륭한 사람도 작은 분노 하나 참지 못하면, 아예 인생을 망치는 경우가 허다하다. 더욱이 화를 폭행으로 분출한다면 그는 아예 최소한의 인격을 갖춘 인간 대접도 못 받게 되는 거야. 나는 이번 실수가 너의 마지막 실수이기를 바란다. 그렇게 할 수 있겠니?"

"네."

영찬이가 품속에서 흐느낀다. 아이를 놓아 준다.

"오늘 영찬이의 이런 모습을 보게 된 게, 선생님은 너무나 마음 아프다. 그렇지만 선생님은 아직 너를 믿는다. 약속대로 선영이에게 진심으로 사과해라."

"네."

"그래, 화장실에 들러서 세수하고 교실로 들어와라. 오늘 일은 영찬이 부모님도 선영이 부모님도 꼭 아셔야 할 엄중한 일이니까, 선생님이 양쪽 부모님께 말씀드릴 것이고, 또 오늘 수업 끝나고 영찬이와 선생님은 이야기를 좀 더 나누자. 학원이 있더라도 선생님이 영찬이 부모님과 통화해서 시간을 얻을 거야. 그렇게 할 수 있지?"

"네."

영찬이가 연구실에서 나가고 난 뒤, 선영이 어머니와 영찬이 어머니께 영찬이와 선영이 일로 전화를 드린다. 이런 전화는 정말 곤란한 전화이지만 다행히 선영이 어머니께서 놀라신 가운데서도 나만 믿으신다니 고맙기 이를 데 없다. 영찬이 어머니께서도 '죄송' 연발이다. 전화기 저쪽에서 몇 번이고 허리를 굽히셨으리라. 선영이 어머니께 당장 전화를 드리시겠단다.

5교시 종이 울려 연구실 문을 나서는데 아이들이 놀라 우르르 교실로 달아난다. 내 목소리가 연구실 밖으로 넘쳐도 한참 넘쳤나 보았다. 괴롭다. 나는 지금 생활 교육과 학생 인권의 어디쯤 서 있는가?

교실로 향하는 몇 걸음 중에 아이들을 하교시킨 후 영찬이의 귀에 들려줄 영찬이의 장점을 꼽아 본다.

과수원 할아버지

웃음 좋고
참 너그러우셨지.

공터에서 놀고 있던
우릴 지나가실 때마다
꼭 자전거를 세워
파치 배라도 한 알씩 쥐여 주셨지.

암만 좋으셨어도
배 서리 하다 들켰을 땐
좋은 웃음 싹 거두고
나무 다 상했다며
불벼락을 치셨지
다른 분이셨지

그 옛날
맘 좋은
과수원 할아버지도

제27화 혼나는 법까지 가르쳐야 할 때인 것 같습니다

"애들이 왜 이렇게 말을 잘해요?"

어제 3반 선생님이 혼날 짓을 한 아이가 꼬박꼬박 말대꾸라며 속상해서 하신 말씀이다. 오늘 셋째 시간, 우리 반에서도 비슷한 일이 벌어졌다. 수정이가 수학 시간에 과제는 안 하고 뒷자리의 영은이와 소란을 피워 지적했더니 녀석이 내 지적에 순응하지 않고 쫑알대는 것이다.

"다른 아이들이 집중하는 데 방해도 되고, 너도 얼른 문제를 풀어야 하지 않겠어?"

다시 한번 주의를 주었을 때, 녀석은 뭐가 불쾌한지 손으로 책상을 쾅 내려치며 신경질을 부리고야 만다. 녀석을 교사 책상 앞으로 불러낸다. 무례함의 이유를 물었더니, 영은이가 지우개를 가져가서 돌려주지 않으려고 계속 장난해서 그런 것이라며, 자신의 무례에 대해서는 이유가 정당하지 않느냐 한다. 책상을 내려치며 선생님께 신경질을 부린 것이 바른 태도였느냐고 물으니, 바른 건 아니지만 화가 나는데 그럼 어떻게 하느냐며 꼬박꼬박 말대꾸다. 아이의 태도를 그대로 거울처럼 비춰 보여주고 싶었다. 선생님은 지금 널 칭찬하려고 불러낸 게 아니다. 반 전체에 대해서도 선생님에 대해서도, 네 행동이 얼마나 무례했는지에 대해 짚어 주기 위해서 불러낸 것이다. 그 말에 녀석은 아예 팽 토라져 고개를 돌려 나를 외면한다. 나는 이런 태도를 그냥 보아 넘기지 않는다. 그렇다고 수업 중에 아이와 말싸움을 계속? 아니, 이건 말싸움이 아니라고 자위한다. 꼭 필요하고 당연한 교육적 행위라고 생각하며 자위한다. 그렇다고 이런 상황을 계속할 순 없다. 수업 시간이다. 수업을 해칠 수도 있으니 쉬는 시간에 보자 하고 수정일 우선 들여보낸다.

"네가 선생님이라면 어떻게 하겠니? 수학 시간이었고, 아이들 모두 문제를 푸느라 열중하고 있다. 그런데 한 아이가 뒤를 돌아보며 낄낄거리며 지우개를 빼앗고, 빼앗기지 않으려고 소란을 피우고 있다. 너라면 어떻게 하겠니?"

"뺐고 빼앗긴 게 아니라, 영은이가 제 지우개를 가져가서 안 준 거라니까요."

"…그래, 영은이도 나와야겠다."

먼저 영은이에게 묻는다.

"너라면 어떻게 하겠니?"

"혼내겠죠."

"어느 정도나?"

"엄청이요."

영은이의 대답이 어처구니없다.

"그래, 그럼 지금 당장 너를 엄청 혼내면 되겠구나."

"죄송합니다."

내가 심상치 않은 것을 눈치챘는지 영은이가 꾸벅 사과를 한다.

"그래, 영은인 됐고…, 이제 수정이랑 마저 얘기하자."

"죄송합니다."

단 1초의 망설임도 없이 수정이가 사과한다. 어이가 없다. 사과는 이루어졌다. 그렇다고 이렇게 끝낼 일이 아니다.

"다시 한번 생각해 보자. 공부 시간의 그 거친 행동, 책상을 쾅 내려치며 신경질을 부린 태도에 대해서 짚어 주려고 하는데, 그 아이가 도리어 화가 나는 걸 어떻게 하느냐고 되물으면, 너라면 어떻게 하겠니?"

"……."

아이가 비로소 입을 다물었지만, 눈을 동그랗게 뜨고 나를 노려보는 품새가 여전히 반항적인 눈빛이다. 조금 전 사과는 농락이었단 말인가. 분위기는 점점 심각해지는데 아랑곳하지 않고 종은 울린다.

“그래, 공부 시간 시작되었다. 그만 들어가라.”

수정이가 홱 돌아서더니 발소리를 쿵쾅거리며 걷는다. 참기 힘들어 다시 불러낸다. 아이가 다시 돌아와 내 눈을 쳐다본다. 나도 화가 난 표정을 감추지 않는다.

“다시 들어가라.”

수정이가 다시 돌아서더니 또 쿵쿵 걷는다. 다시 불러낸다. 수정이의 눈을 십여 초 쏘아 본 뒤, 천천히 그리고 무겁게 이른다.

“다. 시. 들. 어. 가.”

비로소 다소 조심스러운 태도로 제자리로 돌아간다. 다행이다. 만약 이번에도 수정이가 내게 도발적인 태도를 그대로 되풀이했더라면 나는 얼마나 더 수정이를 불러내고 들여보내고 해야 했을까? 아마도 계속했을 것 같다. 그렇게 하지 않으면, 아이들의 학습권은 지켜질지 몰라도 내 교권이 무너지기 때문이다. 때로는 교과수업보다 한 아이의 부적응 행동 지도가 훨씬 중요할 때가 있다. 그러니 나는 수정이의 행동 수정 지도를 포기하지 않았을 것이다.

사회 시간이었지만, 다음 주 화요일의 창의적 체험활동의 '인권교육' 시간과 바꿔서 운영한다고 일방적으로 선언한다. 수정이와 나의 쉬는 시간을 지켜본 아이들은 이 시간이 내 설교 시간이라는 것을 눈치챈다.

"28명 모두의 학습권은 존중되어야 하고, 선생님의 잘 가르칠 권리도 존중되어야 한다. 어느 누군가 소란을 피우면 26, 7명의 학습권이 침해되는 것이고, 동시에 선생님의 교권도 침해되는 것이다. 민주주의가 다른 사람의 권리를 방해하거나 해칠 경우, 그러한 행동을 한 사람에게 권리를 제한하거나 벌을 내리듯 학교에서도 다른 사람의 권리를 방해하거나 침해했을 경우, 그 사람의 권리를 제한할 수 있다. 그러나 선생님은 우선 알아듣도록 주의를 준다. 그러나 때로는 정도가 지나치면 꾸지람을 하는 등 혼을 내야 할 때도 있다."
내 기분을 알고 있어선지 아이들 모두 바른 자세로 정숙하다.

"모두에게 묻자. 누군가 수업에 방해되는 행동을 할 때, 선생님이 주의를 주거나 꾸중하여 혼내는 것이 잘못된 것인가?"
"아니요."
아이들 모두의 대답을 수정이에게 들려주고 싶어서 한 질문이다.
"그래, 좋다. 선생님이 이 시간에 하고 싶은 말은 '혼날 때도 예절은 있다'는 것이다."
아이들은 내 엄숙한 표정에서 아직 내가 화가 풀리지 않았음을 읽고 있을 것이다. 그러나 화로써 아이들을 다스릴 일은 아니다. 교육이어야 한다.

"서양에서는 야단맞을 때, 야단치는 사람의 눈을 똑바로 바라보고 잘못이 지적될 때마다 고개를 끄덕여 자신의 실수를 인정하는 것이 바른 태도라 한다. 그런데 우리나라에서는 웃어른께 혼이 날 경우, 제 잘못을 깨닫고 자신의 실수를 들여다본다는 의미로 고개를 숙여 저 자신을 돌이켜 보고, 최대한 똑바로 선 바른 자세로 꾸중을 듣는 것을 바른 자세로 본다. 오늘 선생님의 '우리나라에 서 바르게 혼나는 자세'에 대해 잘 기억해 두었다가, 혹시 다음에도 잘못해서 야단맞을 때, 야단치는 사람으로부터 '이 녀석이 하나도 반성을 안 하고 있네, 아주 되바라진 녀석이네' 하는 오해를 받지 않길 바란다. 알겠습니까?"

"네."

아이들의 합창 같은 대답에 비로소 마음이 풀린다. 아이들 모두가 대답하니 수정이도 함께 알게 되었을 것이다.

"그래. 그러면 오늘 수업 주제를 살펴보자. 이 시간에는 학교에서 생기는 인권침해 문제에 대해 생각해 보는 시간을 가지려고 한다. 선생님이 준비한 사진 몇 장 함께 보자."

다음 주 화요일에서 당겨온 인권 수업의 주제는 '무엇이 학교폭력인가'였지만 수정이 일로 해서 바르게 '혼나는 자세'를 앞세우고 말았다.

동학년 연구실에서 내 이야기를 듣던 동료 선생님이 맞아요, 선생님이 맞아요, 혼나는 법도 가르쳐야 해요, 하며 손뼉까지 친다. 그뿐만이 아니라 나아가 쉬는 시간에 한 아이가 선생님께 불려 나와 혼나고 있을 때, 교실의 다른 아이들은 자기는 상관없다는 듯

제각기 웃고 떠들어대는 태도, 심지어 서로 쫓고 쫓기며 장난을 치고 있는 태도야말로 반드시 바르게 지도되어야 할 태도라 신다. 옳으신 말씀들이다. 우리 땐, 친구가 혼나면 다른 아이들 모두 함께 긴장하며, 혼나는 아이와 같은 마음으로 가슴 조이며, 혼나는 이유를 파악하며, 선생님의 꾸중을 함께 들었지 않았느냐 하시며 어린 시절의 기억을 일으킨다. 당연히 나도 같은 세대라며 맞장구를 친다. 세상이 이럴 때 나를 구세대라 하는 것인가? 그렇다면 나는 기꺼이 구세대를 자처하겠다.

아이들을 하교시킨 후 수정이 어머니께 문자를 넣는 중에, 전화기가 몸부림친다. 마침 수정이 어머니다. 사태를 미리 알고 계신 것이 수정이의 이야기를 들으신 모양이다. 내 이야기를 들으시는 가운데 몇 번이나 거듭거듭 사과를 하신다. 누구나 실수는 하지만 실수 후에 사랑과 용서를 부르는 태도와 미움과 분노를 부르는 태도에 대해 이야기를 나누다 보니 수정이 어머니가 마치 동료 교사 같았다. 지금처럼 나의 엄격함에 대해 학부모의 동의와 지지를 받을 때, 왠지 미안하고 고맙다. 하지만 다른 선생님의 이야기를 듣노라면 이런 경험이 그리 많지는 않은 모양이다. 안타까운 일이다.

하여간 아무리 생각해도 오늘 수정이의 태도는 낯설었다. 퇴근하려고 책상을 정리하는데 문득 스치는 생각, '수정이가 사춘기?' 수정이를 좀 더 세심하게 살펴봐야 하나 보다.

세 바위 섬, 선단여

굴업도 가는 바닷길
오빠 동생 마귀할멈
바위 셋
꾸중을 듣고 섰다

꼬장꼬장 서서
고개 빳빳이 들고
반성은커녕
몇백만 년째
저러고 섰다

바다 한가운데
저리 발 담그고 섰으면서도
끝끝내 저희는
산(山)이라며 고집
조금도 꺾지 않는다.

-에라, 잉 버릇없는 것들
거센 바람이
바위 셋 머리통을
한 대씩 쥐어박고 간다

제28화 까칠한 수정이1

"못 들었으니까 그렇죠?"

적반하장이라더니, 리코더 연습에 집중하지 못하고 몰래몰래 책에 낙서하던 수정이가 되려 눈을 동그랗게 뜨고 항의한다. 이럴 때 수정이에게 직접 불쾌한 감정을 드러내지 않아야 한다. 수정이보다 두 칸 뒤에 앉아 있는 유철이에게 묻는다. 유철이의 손엔 이미 리코더가 들려 있다.

"유철인 선생님이 리코더 꺼내란 이야기 들렸지? 선생님 목소리가 너무 작지 않았니?"

당연히 유철인 내 편이다.

"아뇨, 잘 들렸어요."

수정이에게 묻는다.

"수정아, 너보다 두 칸이나 뒷자리인 유철이도 선생님 목소리 잘 듣고 리코더를 준비했다. 너도 얼른 리코더 준비해라."

수정이는 아직도 오리 입을 하고 있는 중이었고, 그제야 가방에서 주섬주섬 리코더를 찾는다.

"수정이가 잠시 수정이 인생에서 엄청 중요한 어떤 생각에 빠져 있느라 선생님 말씀을 못 들은 모양이다. 그래도 금방 정신을 차렸으니, 이제 다시 다 함께 준비를 갖추고 새롭게 '옹달샘'을 연주해 보자."

사춘기가 시작되면, 수정이처럼 다소 무례하고 반항적인 태도를 가지는 아이들이 생기곤 한다. 그런 아이들은 종종 관심을 다른 데 두고 있다가 수업을 놓치거나 자료 준비를 안 하고 있다가 지적되곤 한다. 그러면 아이들이 고분고분하면 좋으련만…, 어쩌랴, 사춘기 호르몬의 작용인 것을.

그렇다고 사춘기의 아이들을 모두 떠받들 순 없다. 무례한 사춘기 짓(?)이 한 템포 지나간 후에, 혹은 그에 앞서, 주목하지 않아서, 수업에 집중하지 않아서 '못 들은 것'의 책임은 본인에게 있음을 분명히 알아야 한다. 사춘기의 '버릇없음' 때문에, '다소 반항적인 태도' 에 대하여 즉각 화를 내면 사춘기의 '버릇없음'과 '반항성'은 더 커지기 십상이다. '버릇없음, 반항성'이 발현되기 한 템포 전 혹은 한 템포 앞에서 '버릇없음, 반항성' 가까이에 있는 '예의 바른, 순종적인' 아이를 칭찬하여 사춘기를 일깨우는 게 오히려 현명한 방법이리라.

차라리 쉬는 시간에 수정이를 불러 관심을 가져준다. 가벼운 대화를 나누는 것이다.

"수정이 요즘에 심각한 고민 있니?"

"아니요."

"그럼, 작은 고민이니?"

"아니요, 고민 없어요."

"그럼, 뭐 좋아하는 게 생겼니? 연예인이라든지, 소설이라든지, 인형이라든지…."

"네, 노래 '티티'가 좋긴 해요."

"그래, 별일 없다니 다행이네."

별일 아니지만, 쉬는 시간의 가벼운 대화가 이후의 수정이를 훨씬 부드러운 수정이로 만들었나 보다. 다행이다.

제29화 까칠한 수정이2

수정이 문제는 하나 더 있다. 잘못된 태도나 행동에 대해 지적을 받으면, 꼬치꼬치 길게 따져 물으려는 태도를 보이는 것이다. 그럴 때 나는 수정이가 말을 다 하도록 그냥 둔 채, 아이의 눈을 본다.

"1분쯤 지났지? 그럼, 한 사람 앞에 1분씩 모두 28분이나 손해를 보았구나. 수정아, 그 문제는 쉬는 시간에 다시 이야기하자, 괜찮지?"

언제까지나 수정이에게 붙들려 있을 순 없다. 수정이의 얼굴에 불만이 남아 있어도 수업은 진행된다. 그러나 수정이의 기분을 오래 그대로 내버려두진 않는다. 아이들에게 기본적인 학습 방법이 안내되고, 아이들 각자, 혹은 모둠 활동이 진행되는 동안 수정이 곁을 스쳐 간다. 쉬는 시간 수정이와의 대화를 위한, 태도 개선을 위한, 작은 선 조치다.

"할 말이 더 남아 있는데도, 우리 수업을 존중해 주니 기특하네."

때로는 같은 말이 적힌 메모지를 수정이 책상에 슬쩍 놓아 줄 때도 있다.

쉬는 시간이고 수정이를 교사용 책상 앞으로 불러낸다.

"아까 하려던 말이 뭐였지? 그림 그리고 있었던 것에 대해 말하려던 것 같았는데?"

"아니에요. 할 말 없어요."

다행히 수정이의 기분이 다 풀어져 있다.

"그래도 할 말이 있으면 해 봐."

"아니에요, 진짜 없어요."

이쯤에서 엉뚱한 칭찬 한마디로 마무리한다.

"넌, 그게 장점이야. 자기가 잘못했다 싶은 것을 빨리 인정하는 것. 짜아식, 멋진 면이 있단 말이야. 그래 알았다. 없으면 됐지, 뭐. 다음부턴 선생님이 어떤 설명을 하거나 하면 잘 듣는 거야, 알았지?"

수정이가 고개를 끄덕이고 아이들 속으로 들어간다.

쉬는 시간에 있었던 일을 전체 아이들에게도 다지기를 할 겸, 수업이 시작되기 전, 교과서를 펼치기 바로 전에 다시 한번 수정이의 태도 변화에 대한 기특성을 홍보한다.

"너희들도 모두 다 음악 시간에 수정이가 할 말이 있었다는 걸 알고 있었을 거다. 그런데 수정이도 쉬는 시간을 기다리는 동안 자신의 잘못에 대해서 금방 알게 된 모양이다. 그래서 쉬는 시간에 선생님께 바로 자신의 실수를 밝은 얼굴로 인정했다. 이래야 한다. 이래서 선생님은 우리 반이 멋있다는 거다. 실수에 대해서 고집부리지 않고, 자신의 잘못을 깨닫는 순간 바로 사과할 줄 아는 태도는 실수했던 그 사람이 오히려 멋있게 보이는 순간들을 만들곤 한다. 여러분도 다 수정이처럼 그런 사람들일 거라고 믿는다. 그렇게 믿어도 되겠지?"

약간의 무례를 범하고도 칭찬을 받는 수정이가 멋쩍은 듯 고개를 갸웃하며 웃는다.

샘터

-이런 여름날
 산을 오른다는 게 말이 돼?

-하이고,
 더워라, 땀 좀 봐라.

-배낭에
 대체 뭘 쑤셔 넣은 거야?

불만들의
뜨거운 걸음들이
샘가에 섰다.

해 맑은 산 젖
한 모금씩
나눠 마시고

-자, 이제 가자
-얼른 갔다 오자

종아리에
힘이 오르고

웃음까지
피어나는 샘터

제30화 아이에게 도리어 방법을 묻다

아이들과 함께 지내기가 쉽지 않은 것은 비슷한 일이 되풀이된다는 데 있는 것 같다. 며칠 전에 한 이야기를 오늘 또 해야 할 때가 있다. 아니, 심지어는 조금 전에 한 이야기를 지금 또 해야 할 때도 있다. 한 번 잔소리로 단번에 성장하는 아이들이 아닌 것을 어쩌랴.

"너라면 어떻게 하겠니?"

수학 시간이지만, 제시된 과제를 해결하라는 지시를 듣지 않고, 고집을 부리며 낙서만 계속하고 있던 영태가 눈을 깜박거린다.

"네가 선생님이라면, 그리고 지금처럼 수학 시간인데 네 학생이 수학 문제를 풀지 않고 종이에 낙서만 하고 있다면 어떻게 하겠니?"

녀석이 이젠 나를 똑바로 쳐다보며 묻는다.

"그걸 왜 나한테 물어요?"

영태가 이렇게 버릇없이 구는 것은, 사춘기 입문 단계의 버릇없는 행동이라기보다 진짜로 자신의 행동의 무엇이 잘못인지 잘 모르기 때문이라는 걸 안다.

'다 알 거라고 생각되는 거, 우리 애는 그걸 모를 때가 있어요.'

영태 어머니가 상담 기간에 와서 하신 말씀이고, 나도 직접 그런 영태를 몇 번 겪은 바 있다. 영태를 조용히 교실 뒤로 데리고 가서 조곤조곤 이야기한다.

"학교는 학생들이 꼭 공부해야 할 것들을 여러 과목에 따로따로 담아 가르치는 거야. 선생님이 지난번에 밥상 이야기한 적 있지, 음식을 골고루 먹어야 고른 영양을 섭취할 수 있다고 했던? 공부도 그래. 영태 네가 낙서를 좋아하는 것은 쉬는 시간이나 자유 시간에 할 수 있는 활동이야. 지금은 반드시 수학 공부를 해서 수학의 영양을 섭취해야 하는 시간으로 정해진 거라고."

"그렇지만 나는 수학이 재미없다고요."

"그래도 잘 들어야 돼. 지난번에 너는 소수의 덧셈 문제를 틀렸지만, 선생님이 네게 주의를 주고, 네가 잘 듣고 해서 알게 되었잖아. 공부라는 게 그런 거야. 잘 들어야 공부가 재미있어지는 거야. 그리고 우선은 수학 시간엔 수학 공부를 해야 한다는 것은 꼭 지켜야만 하는 약속 같은 것이고."

"그래도 수학이 싫다고요."

내가 설득하기를 멈추고 가만히 있자, 영태가 문득 내 눈을 올려다본다. 나도 심각한 표정으로 영태를 내려다본다.

"다시 한번 물을게. 네가 선생님이라면, 지금 너 같은 제자가 있다면 어떡할래?"

"……."

영태는 이번엔 그걸 왜 자기한테 묻느냐고 반문하지 않는다.

"…알았어요."

이번엔 영태가 먼저 입을 열었다.

"알았다니?"

이번엔 내가 영태한테 따지듯 묻는다.

"수학 공부한다고요."

"왜 그렇게 생각했니?"

"제가 계속 공부 안 한다고 하면 엄마한테 전화 상담할 거잖아요."

"으음. 그래, 이런 경우는 엄마하고 상담해야 하는 거구나. 그래 알려줘서 고맙다. 앞으로도 비슷한 일이 있을 때 선생님이 어떻게 해야 할지도 알게 되었네. 고맙고, 자 이리 와 봐. 직각 삼각자 두 개를 이용해서 수선을 긋는 게 그리 어려운 일이 아니라니까."

영태가 그림 그리다 만 종합장을 놓아둔 채, 내가 이르는 대로 수학책에 눈길을 준다. 성격이 급해서 내가 다 알려 주기도 전에 삼각자를 빼앗아 제멋대로 그리려고 했지만, 방식을 제대로 알지 못한다. 녀석을 달래서 천천히 알려준다. 쉬는 시간 종이 울린다.

"오늘 수학 시간에 선생님은 하마터면 영태에게 화가 날 뻔했다. 아주 무례하게 행동한다고 생각했기 때문이지. 그런데 가만히 생각해 보니까 영태가 버릇이 없어서 그런 것이 아니라, 수학 공부는 싫고 낙서하기는 재미있더라도 수학 시간엔 수학을 공부해야 한다는 걸 잘 몰랐기 때문이라고 생각한다."

"에이."

영찬이가 내 말에 동의하지 않는다.

"그래, 영찬이처럼 4학년씩이나 되어서 그런 걸 왜 모르느냐고 할 수도 있지만, 사람에 따라서는 너무나 당연한 것도 그게 왜 그런가 하고 의문을 품을 수 있는 거란다. 그건 바보들만 그렇게 묻는 게 아니라, 일반적으로 철학자들은 다 그렇단다. 아무튼 이제 영태도 수학 시간이 재미없더라도 그 시간엔 수학 공부를 해야 하는 시간이라는 걸 똑바로 알게 되었으니, 앞으로 자기 고집대로 그림만 그리진 않을 거라고 생각한다. 그렇지, 영태?"

"네. 알았다고요."

사실은 다른 아이들 중에서도 영태와 내가 실랑이하는 작은 소리를 엿듣고 덕분에 제대로 알게 된 아이들도 있을 것이다. 아이들은 이해 수준도 천차만별이니까. 아무리 당연하고 쉬운 명제라도, 아이들이 '왜'하고 물을 때, 선생으로서도 그 당연한 것을 왜 묻느냐며 설명하지 않을 권리는 없으리라.

너도 별

꿈이 없는 어른들이나
꿈을 잃은 어른들이나
꿈을 이룬 어른들도

꿈보다 소중히
품고 사는 별이 있다

별 때문에,
문득문득 반짝이는
별 때문에

꿈이 없는 어른들도
꿈을 잃은 어른들도
꿈을 이룬 어른들도

종종
반짝이는 별 때문에
삶을 웃을 수 있다

너의 어른들께
너도 별이다

제31화 미리 감탄하기

조금만 의식하면서 교실을 둘러보면, 아이들의 행동을 사전에 절제시킬 수 있다는 것을 경험으로 알게 된다. 분명 수업 중인데 한 아이가 음흉한 표정을 지으며 짝꿍에게 혹은 앞자리의 아이에게 장난을 막 시작하려는 것이다. 바로 그 순간을 포착하는 것이다.

"영태는 어제까지만 해도 장난이 심한 편이었는데, 오늘은 잘 참고 있네. 그래서 그런지 영태가 오늘은 대견스러운데."

영태는 얼른 음흉한 표정을 놓고, 바른 자세가 된다. 그 한마디 감탄은 또 다른 장난꾸러기들의 장난하고픈 마음을 지그시 눌러주는 효과까지 발휘한다.

"한 사람의 장난이나 말 걸기는, 장난을 받거나 말을 받아주는 친구가 수업에 집중하지 못하게 하는, 즉 학습권을 망치는 행위라는 것을 우리 반 친구들은 다들 잘 알고 있는 것 같다. 너희들 모두가 참 대견하다."

개인 학습이 거의 끝나면 이번에는 발표와 청취가 이어질 차례다. 또렷한 목소리와 바른 태도로 청취할 수 있도록 미리 '바른 태도 명석'을 또르르 펼친다.

"선생님은 가끔 여러분과 수업을 하다 보면, 여러분이 4학년이 맞는가 싶을 때가 있다. 언제 그런 걸 많이 느끼는가 하면, 공부한 것을 발표하고 들을 때 그런 것 같다. 발표하려는 사람은 '저요, 저요' 하고 조급해하지 않고, 또 듣는 사람들은 모두 바르게 앉아서 발표하는 사람을 바라보면서 발표에 귀 기울이는 모습을 볼 때 그런 것 같다. 자, 한번 보자고. 이젠 다들 정리가 됐죠? 그럼, 누가 발표해 봅시다."

"오늘의 수업을 조금만 과하게 표현하자면, 아마도 수준 높은 대학원생들의 강의실 풍경과 비슷하지 않았을까 한다. 아주 멋진 수업이었다. 자, 쉬는 시간."

국어 교과서를 정리하며 아이들을 조금 일찍 쉬는 시간에 풀어놓는다.

느티나무 위에서

운동장 가에
느티나무가 있어

느티나무 위에
까치집이 있어

까치집에서 나와
까치가 내려다보고 있어

피구 할 때
명구가 금 밟은 거
까치는 보았지
까악까악

은솔이 등을 치고 달아나려
살금살금 다가가는
현철이도 보았지
까악까악

축구공을 몰고 가는 문철이 뒤로
태클 걸려고 달려드는
수혁이의 앙다문 입술을 보았지
까악까악 까악까악

제32화 생활 교육의 처음과 끝, 작은 불복종 다스리기

교사 1인이 감당하기엔 27, 8명은 너무 많다. 아이들도 선생님에게 불평이 적지 않다. 종례 시간을 앞둔 시간의 일이다.

“나만 뛴 것도 아닌데, 왜 나만 뭐라고 그러세요?”

자기 말고도 함께 장난을 치다가 교사에게 자기만 지적을 당하거나 지도를 받는 아이의 상당수가 이런 반응이다. 아이의 눈동자가 동그랗다. 입술도 불만스럽게 튀어나와 있고, 어떤 경우에는 얼굴이 붉기까지 하다. 이럴 때 나는 아이의 눈을 가만히 바라본다. 아이는 정말 자기가 억울하다는 표정이다. 아이에게 일깨워 줘야 할 것이 있다. 느리지만 정확한 목소리로 묻는다.

"그래, 너는 교실에서 뛰다가 걸린 것에 대해서는 할 말 없니?"

"나만 뛴 게 아니라고요."

아이는 아직 분이 식지 않았다.

"교실에서 뛰어서 다른 사람에게 불편을 끼친 것은 아무것도 아니고, 일단 너만 걸린 것이 억울하다. 그거구나?"

이쯤이면 대부분의 아이들은 눈빛이 좀 순해지거나 고개를 떨구지만, 여전히 기세가 부드럽지 않은 아이도 몇몇은 있다.

"함께 뛴 사람들, 다들 이리로 나와라."

아이들 속에 숨어 있던 아이들이 하나둘 일어서서 나온다.

"그래. 교실에서 뛴 것에 대해서는 조금 있다가 따져보기로 하고, 다들 솔직해서 좋다. 재규야, 이제 됐니?"

비로소 아이의 불복종이 멈춘다.

"너희들 모두에게 물어보자. 교실에서 뛴 것으로 여기에 불려 나왔다. 이 점에 대해서 어떻게 생각하나?"

"잘못했습니다. 앞으로 안 뛰겠습니다."

"그래, 재규가 처음에 그런 반응을 보였을 때, 너희들이 좀 더 '의리'라는 개념에 대해서 잘 알고 있었으면, 선생님이 부르기 전에 이미 스스로 일어서거나 손을 들고 자기도 함께 뛰었다고 자백(?)을 했을 것이다. 그러면 정말 멋있었겠지만, 그것은 너희들이 '의리'라는 것에 대해 잘 모르고 있었을 테니까 지금은 문제 삼진 않겠다."

재규 쪽을 바라본다.

"재규 하나만 발견한 게 선생님 잘못이라는 것은 아니겠지, 방금 그렇게 들은 것 같긴 한데 말이지?"

"……."

이번에 재규가 아이들 속에서 대답이 없다.

"반에서 뛰지 말자는 것은 3월 2일 날 우리 모두가 한 약속, 학급의 규칙 아니었나? 재규는 몰랐니?

"죄송합니다."

고개 숙인 재규의 얼굴을 들여다보며 또 묻는다.

"다른 애들 뛰는 것은 못 보고, 너 뛰는 것을 발견한 것은 선생님의 잘못이니? 그게 지금도 억울하니?"

"……."

이번엔 재규가 아무 말도 하지 못한다.

마지막 한 마디를 재규에게 심어 준다.

"잘 생각해 보았으면 한다. 교실에서 뛴 잘못에 죄송하고 미안한 것이 아니라, 뛴 것을 너만 걸린 것에 화가 나는 것이 올바른 감성인지."

반 아이들을 바라본다. 지금 바로 반 아이들 모두와 나눠야 한다.

"재규의 불만에 선생님은 처음엔 무척 당황스러웠다. 그러나 금방 생각을 바꿨다. 돌아보니, 우리들 모두 재규와 크게 다르지 않았다는 것이 생각났기 때문이다. '함께 잘못한 친구들이 있는데 혼자만 걸려서 혼자만 혼난다는 것'이 억울하다는 건데, 그건 함께 잘못한 다른 친구들은 애들 사이에 숨어서 자기가 혼나는 것을 비겁하게 지켜보고 있는 게 억울하다는 것이겠지. 그렇다면 그 억울한 감정은 들키지 않고 숨어 있는 친구들에게 향할 감정이어야 지 왜 잘못된 행동을 발견한 선생님을 향하는가? '의리'라는 품격 높은 사람 됨됨이에 대해선 아직 잘 모를 테니, 우선은 이점만 분명히 하자. 잘못된 행동을 해서 선생님께 들킨 아이는 선생님께 혼자서 야단을 듣든지, 함께 잘못을 저지른 친구들 모두를 밝혀서 함께 혼나든지 할 일이지, 억울하다며 선생님께 대들 일은 아니라는 점. 그렇지 않나? 선생님께 동의하지 않는 사람 손 들어보자."

다행히 올라 온 손이 없다.

"사람은 누구나 실수를 한다. 오늘 선생님 이야기를 듣고, 2학년이나 3학년 때, 함께 잘못했는데 자기만 걸려서 억울하다고 생각했던 적이 있는 사람, 자기 경험을 용기 있게 발표할 수 있는 사람 있을까?"

한 아이가 조용히 손을 든다. 아이의 이야기를 아이들과 함께 듣고 나서, 아이의 용기를 칭찬한다. 다른 아이들의 손도 서넛 올라온다. 오늘을 마무리 지어야 한다.

"그래, 오늘 여러분들이 지난날 잘못했던 실수들에 대해 반성하는 것을 보니 참 대견하구나. 재규 덕분에 우리가 제대로 한 가
지
배우게 된 것 같다. 누구나 실수는 한다. 그러나 그 실수를 깨닫는 순간, 그 실수는 되풀이되지 않을 것이며, 그 사람은 조금 전의 그 사람이 아닌 것이다. 우리는 지금 이 순간부터 보다 나은 인간이 된 것이다. 오늘은 여기까지."

5교시를 마치고 4학년 1반을 닫는다.

풀 뽑기

텃밭을 일궈
상추 쑥갓 가지 고추
쌈 거리 심어놓고

물 뿌릴 때마다
푸르른 게
기특한데

한 사나흘
손주 보러 다녀온 새

냉큼
바랭이 한 포기
들어와 살고 있대

잡아 뽑는데
왜 나만 가지고 그러냐고
끝끝내 버티는 바람에
풀머리만 뜯어 놓았네.

금방 다시 자랄 텐데
이제
풀과의 전쟁인가?

제33화 다섯 명의 의리 맨 이야기

아이들에게 들려주어야 할 의리 이야기가 있다. 의외로 요즘 아이들은 우리 때완 다르게 별로 의리가 없(?)는 모습을 자주 보이곤 한다. 자본주의 시대가 끌고 다니는 개인주의가 팽배해서 그런가 보다. 그래도 의리가 얼마나 멋진 것인지는 꼭 알려주고 싶어서 나는 종종 의리 이야기를 꺼낸다. 한 이야기를 하고 또 하곤 한다.

의리 1. 혼자 책임을 지다.

의를 위해 일어섰으나 실패하여 잡히고 말았다. 잡힌 자는 모진 고문을 당해가면서 일을 주모한 자가 누구냐고 추궁당한다. 그러나 그는 끝까지 주모자는 자기뿐이며, 혼자 한 일이라고 주장한다. 그러다가 결국 죽음을 맞이함으로써 동지들을 지킨다. 살아남은 자들은 그를 추모하며 우리나라의 독립을 위해 끝까지 싸울 것을 결심한다. 일제 강점기에 독립운동사에 흔히 나올 법한 '의리'의 독립군 이야기이다.

의리 2. 친구 재승이

학교에서 장난을 치다 선생님께 걸린다. 하필 나만 걸린다. 선생님 앞에 불려가 나만 혼자 야단을 듣는다. 왠지 억울하다. 납작 엎드린 채 재승이는 내가 혼나는 모습을 보고 있다. '휴지 서른 개 주워오기' 벌 청소가 내려져서 혼자 청소를 하고 있는데 재승이가 따라붙는다. '미안해, 너만 혼자 혼나게 해서 미안해' 재승이는 나한테 계속 사과한다. 재승이는 하교하면서 나에게 떡볶이를 사 준다. 며칠 후 국어 시간, '친구가 고마웠던 일'에 대해 재승이는 손을 번쩍 들더니, 복도에서 함께 뛰며 장난을 쳤는데, 선생님께 나만 걸려서 자기 혼자 혼나면서도 끝까지 자기를 지켜준 의리 맨에게 미안하고 고마웠다고 그때의 일을 고백한다. 재승이가 엄청 좋아진다.

의리 3. 세 가지 의리를 지킨 검군

검군은 화랑 출신으로 신라의 관리가 되었는데, 나라에 너무 큰 흉년이 들어 벼슬아치들이 공모하여 나라의 곡식을 축낼 때, 옳지 않은 일이라 하여 함께 하지 않았단다. 검군은 또 관리들이 자기들의 일이 드러나서 죽게 될 것이 두려워 검군을 초청하여 검군에게 독이 든 음식으로 독살하려는 계획을 모략 중인 것을 알게 되었지만, 이들을 고발하지도 않았으며, 독이 든 줄 알면서도 그 음식을 먹고 죽었단다. 검군은 죽으면서 세 가지 의리를 한꺼번에 지켜낸 것이란다. 옳지 않은 곡식은 한 톨도 받지 않은 일, 오랫동안 함께 해온 동료 관리들을 고발하지 않은 일, 죽음으로써 동료들에게 진정한 의를 깨우쳐 준 일. 검군의 행동을 오늘날 우리의 기준에서 보면 옳지 않은 일일 수도 있겠지만, 검군의 의리만큼은 본받아야 하지 않을까. 삼국사기에 나오는 이야기다.

의리 4. 훈련 중 잘못 떨어뜨린 수류탄을 덮쳐 홀로 산화하다

선생님이 어릴 적에, 월남전에 참전했던 우리나라 군인들 중의 한 분의 이야기가 예전 도덕책에 실렸다. 강재구 소령. 부하들에게 수류탄 투척 훈련을 시키던 중 부하 한 명이 실수로 수류탄을 뒤로 떨어뜨려 순식간에 많은 사상자가 발생할 위기에 홀로 수류탄을 덮쳐 폭사하고 말았다. 그는 죽음으로써 많은 부하를 구한 희생정신이 충만한, 진정한 의리 맨이 아닌가.

의리 5. 극단의 의리 맨, 신라 충신 박제상

신라 눌지왕이 고구려와 왜의 볼모로 잡혀 가 있는 두 동생을 몹시 그리워하는 것을 안타까이 여겨 목숨을 건 충신이다. 왕의 두 동생을 구해 신라로 보내는 과정에서 특히, 왜의 미사흔 왕자를 구할 때 일이 발각되어 끔찍한 고문을 받게 된다. 박제상의 충성에 감동한 왜왕이 모든 것을 다 용서해 주겠다는 꾀임으로 박제상을 자기 신하로 만들려고 했지. 그러나 박제상은 신라의 신하로서 의리를 지켰어, 발바닥 피부를 벗겨 갈대밭을 걷는 형벌을 받으면서도, 뜨거운 철판 위를 걸어야 하는 형벌을 받으면서도 신라에 대한 의리를 저버리지 않은 진정한 의리 맨이지.

"신라의 개, 돼지가 되라면 되었지, 왜의 신하는 되진 않겠다."

박제상의 목소리가 귀에 쟁쟁하게 들리는 것 같지 않니? 삼국유사에 전하는 이야기다.

나무 구경

믿는 게 있어서
저러는 거야

새 떼처럼
포르르 포르르
다 날려 보내고

빈 몸으로도
하나도 슬퍼하지 않은 건

눈이 오면 눈꽃
바람 불면 휘파람
성격도 좋지

믿는 바 있어서
그러는 거야

봄이면
가지 끝으로
그들이 돌아온다는 걸
믿는 거야

의리를 믿는 거지

제34화 부적응 행동 지적 대신 잘하고 있는 아이 칭찬하기

자부심을 키우는데 칭찬이 필요하다. 지적보다는 칭찬이 아이들을 훨씬 더 잘 기른다. 자부심은 아이를 놀랍게 성장시킨다.

지우개에 정신이 팔린 아이, 책 한 귀퉁이에 낙서하고 있는 아이, 손톱을 물어뜯는 아이…. 이쯤 되면 서주의 이름을 한 번쯤 불러 주의를 환기시킬 때다.

"선생님은 서주를 보면 참 기특하다는 생각이 든다. 선생님이 중요한 걸 이야기할 때마다 지우개를 만지거나, 책에 낙서하고 있거나 손톱을 물어뜯거나, 남몰래 책상 아래로 인형을 만지고 있거나, 휴대폰을 켜거나…, 한 번도 그러는 걸 본 적이 없으니 말이다."

지우개로 책상을 빡빡 닦던 아이, 책 한 귀퉁이에 낙서하던 아이, 손톱 물어뜯던 아이가 얼른 행동을 감춘다. 이때 쯤 치사하지만, 잠시 교과 수업을 멈추고 공부 잘하는 법에 대해서 설파(?)한다.

"다들 공부 잘하고 싶지? 공부를 잘하는 첫걸음은 잘 듣는 데서 시작된다. 잘 듣는 것을 방해하는 몇 가지 습관이 있다. 혹시 나에게 그런 습관이 있으면 빨리 고쳐야 한다. 특히 혹시 뭘 자꾸만 만지작거리는 습관이 있지 않나. 무얼 만지는 습관은 정말이지 공부를 제일 크게 망치는 습관이다. 왜냐하면, 손과 뇌의 신경계가 서로 연결되어 있기 때문이다. 그래서 선생님의 설명을 들을 때, 손으로 뭔가를 자꾸 만지면 뇌의 집중력이 분산되어 선생님의 설명을 잘 알아듣지 못하게 되는 것이다. 그러니 손을 가만히 둔 채 바른 태도로 듣는 것이야말로 공부를 잘하고 싶은 사람이 갖추어야 할 첫 번째 습관이다."

뇌와 연결되어 있지 않은 게 뭐가 있으랴만, 아이들의 주의를 환기시킬 때, 이런 식의 설득은 지난 삼십 년 동안 거의 모든 아이들에게 잘 먹혀 온 레퍼토리이다. 그리고 나의 이런 주장은 영 틀린 말은 아닐 것이다. 또한 공부를 잘하고 싶지 않은 아이는 없을 것이다. 이런 말을 할 때마다 아이들은 하던 짓을 멈추고 눈빛이 또

렷해지니 말이다.

아이의 행동을 고치는 데는 확실히 지적질(?)보다는 자부심 키우기 전략이 더 나은 것 같다. 그리고 더 오래가는 것 같다. 지적질 전략은 당장의 효과는 있을지는 모르나 점점 더 강도가 세어지는 부적응 행동을 만나게 된다. 그러면 더 굵은(?) 지적질이 필요하게 되고, (더 굵은 지적질이란 더 큰 목소리, 비난성 지적질을 뜻한다) 아이는 이젠 그 굵은 지적질마저 우습게 여기게 된다. 경우에 따라선 지적질에 대항해 도리어 튕겨 나가는 아이도 생겨서 교사의 골칫거리로 발전(?)하게 되는 경우가 결코 적지 않다. 이에 비해 자부심 키우기 전략은 확실히, 그리고 점차 아이들의 마음을 사로잡게 되는 것 같다. 한 아이에 대한 칭찬도 좋고, 그 아이의 칭찬을 학급의 칭찬으로 승화시켜도 좋다. 그런 너희들이, 그런 우리 반이, 나의 자랑이라고 말해도 좋다. 나아가 가족까지 칭찬을 확대해도 좋다. 너희들의 부모님은 가정교육을 정말 잘하시는 것 같다, 여러분처럼 이렇게 선생님 말씀을 잘 따르고, 행동이 반듯하고, 선생님을 존중하는 걸 보면 틀림없이 여러분의 부모님은 매우 훌륭하게 가정교육을 하고 계실 것으로 보인다. 여러분도 부모님의 가르침을 잘 실천하여 선생님 말씀을 잘 듣는 훌륭한 자식들이 된 것이라고 생각한다. 아이들의 가슴에 자부심이 꿈틀거리기 시작하고, 아이들은 자부심에 부응하는 태도와 행동으로 방향을 가다듬는다. 효과 만점.

마무리. 그런 의미에서 오늘의 선생님 말씀은 '선생님 말씀을 잘 들으면, 공부를 잘 할 수 있게 된다는 말씀.'

개화

2월인가
여수에 다녀오신 어머니가
동백꽃이 붉더라 하니
개나리 줄기
움찔 물이 오르네

할아버지께서
산수유도 벌써
꽃멍울이 노릇노릇하잖냐 하니
개나리 꽃눈이
퉁퉁 부풀데

누나가
할머니, 효은이네 담장에
할머니 좋아하시는 목련꽃 피었어요 하니
못 참고 와르르
한꺼번에 눈을 뜨는 거야, 개나리들이.

담장 샛노랗게
와르르와르르 피는 거야

하여튼
꽃들도
남 예쁘단 소린 못 참겠나 봐

제35화 거울 앞에 서기

우습지만 아이들만 칭찬을 먹고 자라는 게 아닌 것 같다. 우습지만 나도 아이들에게 인정받는 느낌을 받을 땐 기분이 좋은 게 사실이다.

12월 방학식 날이다. 영찬이가 5월 이후 지금까지 아이들에게 폭력을 행사하지 않았다. 영찬이의 얼굴에 노여움 대신 온화함과 장난스러움, 유머러스한 웃음기가 서려 있다. 예의바르게 인사하며, 말씨가 부드럽다. 이젠 영찬이 스스로 선생님들로부터 칭찬을 불러일으킨다. 요즘의 영찬이는 이제 많은 선생님들의 놀라움의 대상이다.

영찬이의 거친 행동과 태도와 사고방식을 이만큼이라도 길들이는 게 가능했던 것은 우습게도 영찬이가 나에 대해 기억하고 있는 인상에서 시작되었다고 해도 틀린 말이 아닐 것이다.

"김영찬, 내가 어떤 선생님이라고 생각하나?"

3월 2일, 아이들을 만나는 첫 자리에서 아이들에게 나를 소개할 때 영찬이에게 물었던 말이다. 사실 영찬이는 2학년 때 나의 학생이었기 때문에 물을 수 있는 말이었다.

"선생님은 착하시고, 재미있고, 공부를 잘 가르치지만 무서울 땐 호랑이보다 더 무서운 선생님이에요."

우스운 일이다. 영찬이의 대답에 마음이 뿌듯해지다니. 영찬이의 말대로 나는 평소 이런 선생님이라야 한다고 주장해 오지 않았는가. 그런데 영찬이는 내가 그런 교사라는 것이다. 적절한 칭찬과 격려와 위로를 통해 아이들에게 자부심을 키우는 게 나의 주요 학급운영 전략이지만, 칭찬은 영찬이로부터 내가 먼저 받은 것이다. 영찬이가 내가 어떤 선생이어야 하는지 가이드를 한 셈이다.

아이들과 잘 지내면 교사로서도 여러 모로 장점이 많은 것 같다. 영찬이 이야기를 듣고, 아이들은 자기들 부모님들께 내가 꽤 괜찮은 선생님이라고들 소개한 모양인지 가끔씩 뵙는 부모님의 다감한 말씀과 온화한 미소가, 학부모님들이 나를 신뢰한다는 느낌으로 받아들여지니 이 또한 기분 좋다. 아니, 기분 좋은 착각이라도 좋다.

아이들에게 나는 착하게도(?) 많은 것을 용서한다. 그리고 아이들에게 재미난 이야기를 많이 들려주며 함께 많이 웃으려고 애쓴다. 아이들의 부족한 부분으로 진단된 나눗셈의 원리를 아이들이 알아듣기 쉽게 가공한다. 아이들이 '아하, 알았다'는 신호를 받으면 나는 스스로 내가 대견하다.

되풀이되는 잘못, 무례함, 폭력적인 언어와 행동에 대해선 그야말로 불같고, 엄중하여 기가 질리도록 호통을 친다. 해서는 안 되는 것과 삼가야 할 것에 대해 선명하게 선을 그어 준다. 그리고 다른 아이들을 모두 하교시킨 뒤, 꾸짖었던 아이를 남겨 가만가만 다독다독 아이를 보듬어 준다. 아이의 장점을 있는 대로 최대한 많이 아이에게 들려주고, 아이의 가능성을 아이에게 들려주어 눈물 자국이 마른 얼굴에 오히려 해사한 미소가 떠오를 때쯤, 아몬드를 다섯 알씩이나 손에 쥐여 귀가시킨다. 아이의 부모님께 오늘 일의 전모를 알리며, 아이의 조금 늦은 귀가에 대해 해명한다. 아이의 부모님께 아이의 가능성과 장점에 대한 구체적인 메시지를 보내며 칭찬을 부탁한다. 아침엔 아이가 어떻게 칭찬을 받았는지 다시 확인하며, 아이의 하루를 응원하며 두 손을 꼭 쥐어 준다.

거울 앞에 선 듯 아이들과의 지난날들을 요모조모 비춰본다. 그리고 묻는다.

이쯤이면 영찬아, 네가 말한 대로 내가 '착하고, 재미있고, 공부를 잘 가르치지만 무서울 땐 호랑이보다 더 무서운 선생님' 맞니?

사랑의 방식

눈 못 뜬 새끼의
노랗게 벌린 부리 때문에
종일 바쁜 제비

애 다 크도록
안고 다니는
캥거루 주머니

낳은 알 모래로 덮어두고
처음부터 네 인생 살라는
바다거북이

남의 둥지에
알 낳아 놓고 모른 체 하는
뻐꾸기

모두 다 사랑인 걸
누굴 야박하다 하겠어?

사랑 아니라
누가 말 할 수 있겠어?

제36화 공짜로 걸어 온 30년

어떤 선생님은 내게 아이들을 다루는 수완이 부럽다고 말한다. 그런 말을 들으면 나는 어색하고 부담스럽기 그지없다. 하긴 지난 30년, 나는 교실에서 아이들과 잘 지내오고 있는 것 같긴 하다. 누군가는 내가 학급경영에 대한 많은 비결로 뭉쳐진 눈사람 같다고도 하는데, 그것은 그야말로 나의 겉모습만 본 것이다. 내 삼십 년 전의 본 모습은 아마도 아이들 눈싸움에 쓰이는 작은 주먹 눈에 불과했던 것을….

정말로 소중한 것은 모두 다 공짜라고 했던가. 부모님, 공기, 물, 친구, 선생님…. 전적으로 동의한다. 역산하여 30년 전 내가 가진 것이라곤 그러니까 비결이라 할 것도 없는…, 교원 자격이라든가…, 4년간 정당한 대가를 지불해 가며 섭취한(?) 최소한의 교직 비결(교수님의 강의나 교재를 통해 획득한 그 무엇)은, 단지 그것뿐이었을 것이다. (이런 단정이 그때까지의 초, 중, 고등학교 때의 선생님들이 내 안 어딘가에 들어있는 것, 그것을 부정하는 것은 아니다) 그것만으로 내 교단이 지금까지 이렇듯 즐거웠을 리 없다. 내 교단 삼십 년에서도 진정 소중한 것들이 모두 공짜였다.

삼십 년 전의 나는 아이들을 단 한 마디로 집중시키는 방법조차 몰랐을 것이다. 다툰 아이들이 서로 자기가 옳다고 씩씩거리며 자기주장을 굽히지 않을 땐, 이 두 아이를 어떻게 해야 할지 몰라 난감한 적도 있었다. 교실 한쪽에서 온종일 암말도 하지 않고 잠복하듯 존재하다가 때가 되어 하교하는 아이도 눈여겨볼 줄 몰랐다. 체육 시간만 되면 축구를 주장하는 아이들의 집단적 요구를 선회시키는 방법도 몰랐다. 도시락 반찬이 부끄러워 혼자 고개를 숙이고 밥을 먹는 아이의 점심시간을 당당한 점심시간으로 바꿔주는 방법을 몰라 안타까웠다. 아이들과 함께 부를 노래도 몇 곡 알지 못했으며, 지루한 공부 시간에 간단히 즐길 레크레이션도 아는 게 별로 없었다. 공개수업 때, 교장, 교감 선생님, 그리고 교실 뒤편 가득 찬 선생님들을 의식하지 않거나, 주목된 자리의 중압감을 극복하는 방법을 알지 못했다. 아무것도 모르는 새내기 초임, 그게 나였다. 다만 내가 사람을 좋아한 것은 참 다행이었다.

삼십 학급 이상 규모의 학교에 발령 난 덕에 내겐 다행히 물어보고 구할 선배들이 즐비했다. 옆 교실을 보며 내게 부족한 것이 무엇인지 알고자 애썼다. 내 부족함은 매일 동학년 선생님들로부터, 퇴근 이후 시간을 함께하던 선배 교사들로부터 메워지는 것을 느끼며, 그럴 때마다 가슴 벅찼다. 내 젊은 교실도 자신에 차 즐거웠다. 그래서 나는 선배 교사들을 더욱 졸졸 따라다니곤 했을 것이다. 선배 교사들로부터 받은 원석(?)의 비결, 그것은 그대로 교실에 유용하게 적용되거나 내 취향이나 나의 학급 특성에 맞게 변형했다. 그런 일이 즐거웠다. 더욱이 내 또래 친구 교사도 내 주변에 있었고 그들과도 자주 어울려 다녔다. 그들에게 듣고 나누면서 나는 교사로서의 살이 많이 붙어 감을 느꼈다. 그때마다 가슴이 벅찼다. 교단에 컴퓨터가 없던 시절, 있더라도 컴퓨터가 교실 교육에 큰 의미가 없던 시절, 수업이 끝나면 동료 교사들과 연구실에 모여 각자 자기 반에서 아이들과 재미있었던 이야기, 괴벽한 아이가 속 썩이는 이야기, 아이가 갑자기 토해서 당황한 이야기, 연수를 통해 배워 온 별스러운 게임을 아이들과 함께 신나게 즐긴 이야기들을 일 년 내내 들을 수 있었던 것도 고마운 경험이었다. 오전 오후반으로 나뉘어 수업을 해야만 했던 열악한 과대과밀 학교에서 근무하던 시절, 오전 반이 끝나길 함께 기다리며 교실에서 사용할 수업 자료를 함께 만들고, 보다 재미있는 수업 요령을 나누고, 다소 난감한 무용 동작에 대해 묻고 배울 수 있어서 정말 좋았다.

파주로 전입해 와서도 운 좋게 스승이라 불릴 만한 인격의 선배 몇 분을 만난 건 큰 행운이었다. 그들의 면면을 보며 나를 바루고 싶었는데, 다행히 그분들은 모두 나의 접근을 기꺼워하셨으니 말이다.

다행히 나는 책 보기를 좋아했고, 다행히 나는 한동안 일기 쓰기를 즐겼다. 다행히 나는 아이들에게 들려줄 이야기 모으길 좋아했고, 다행히 아이들은 내 이야기 듣기를 좋아해서 날마다 이야기를 조른다. 그리고 다행히 내 반 아이들은 이야기를 들을 때마다 점점 더 착해져 간다.

나는 아이들이 작은 것에도 가슴 뭉클해 하는 감성을 심어 주고 싶어서 동시를 쓰기 시작했으며, 세상의 고마운 것들을 되짚어 보다가 수필가가 되고 말았다. 그런 핑계로 나는 작은 돌멩이 하나 풀꽃 하나에서 작은 감성의 씨 한 톨씩을 찾아내려고 애쓰며, 그것으로 한 편의 동시를 쓰거나, 수필을 써 놓곤 혼자 즐거워한다.

처음 내가 교대를 갓 졸업했을 땐 한 덩이의 주먹 눈이었겠으나 다행히 친절한 선배들이 많았고, 그런 선배들과 함께 어울리는 동안, 눈덩이는 축구공만 해졌을 것이다. 다행히 교사 친구들이 있어, 그 친구들을 만나는 동안 또 한바탕 눈밭을 구른 듯 그들의 수완을 몸에 붙여 농구공만큼 커졌을 것이다. 큰 학교의 선생님들과 한 연구실에서 일 년 내내 함께 지내는 동안 제법 몸집이 비대해졌을 것이다. 많은 선생님들의 존경을 받는 품격 높은 선배 선생님들을 바라보던 중 나도 모르게 눈사람의 꼴이라도 갖춘 것인지 모르겠다. 아이들과의 지난 30년이 행복했다면, 그것은 모두 공짜로 얻은 그 무엇 때문이었을 것이다. 교단 30년의 비법 어쩌고 하는 내 모든 것은 사실 거의 전부 다 남의 것이었음을 고백한다.

학교마다 많은 선후배 선생님들이 있다. 선생님들이 모인 학교를 눈밭이라 생각할 순 없을까? 배워서 남 주는 직업군들이 아닌가. 더욱이 순백의 영혼들이지 않는가. 묻는 것을 내치기보다는 질문받기를 좋아하는 집단들이 아닌가.

삼십 년 전에 비해 교통편이 너무 좋아져서 버스를 기다리는 시간이 길지 않다는 것, 학교가 예전보다 훨씬 바빠졌다는 것, 그래서 연구실에 선생님들이 무릎을 맞대고 앉아 있을 시간이 별로 없다는 것. 그리고 동료가 아니더라도 인터넷이라는, 물으면 곧바로 대답해 주는 요물상자가 있다는 것, 그래서 더욱 그것에 기대게 하는, 그래서 인터넷 의존증의 풍토가 생겨난 것. 그것이 많이 아쉽다. 사람은 사람을 만나야 하는데 말이다.

눈이 내린다. 눈은 원래 공짜이다. 눈밭에 구르면 눈덩이가 된다. 눈밭에 굴려야 한다. 무언가로 선생님들은 교실에서 각자 바쁘다. 선생님들을 불러 모으고 싶다.

"연구실에서 커피 한잔 하십시다."

갚지 못한 빚

말도 없이
이사 가 버리는 바람에
내 주머니에 남아 있던
짝꿍의 왕 딱지

배도 고프지 않은데
친구와 함께 스며들어
서리한 복숭아

다 갚지 못했는데
문 닫는 바람에 남은
막걸리 외상값

선배들한테
번번이 얻어먹은
돼지 부속과 소주

변변히 해준 것도 없이
생일마다 차려 낸
아내의 생일상

밭에 나가
땀 한 번 흘린 일 없이
공짜로 받아먹은
어머니의 농사

내 몸은 뻔뻔하게도
이런 것들로도
피가 돌고
살도 쪘으리라

제37화 버리기 상자, 지키기 상자

'너 자신을 알라'는 소크라테스의 충고는 가끔씩 나 자신을 부끄럽게 한다. 그럴 때마다 혼자 부끄럽지 않게 살아내자 다잡아보지만, 그러면서도 아직도 거칠고 서툴고…, 그런 채로 아이들 앞에 선다. 좀 더 나은 '내'가 되기 위해서 '버릴 것'과 '지킬 것'을 정리하고 모아 보자고 제안한다. 아이들의 얼굴도 제법 진지하다.

두 개의 상자가 있다. '버리기' 상자와 '지키기' 상자다. 두 상자에는 아이들이 연필 뒤꼭지를 잘근잘근 씹어가며 적어낸 메모지들이 들어있다. 버리기 상자와 지키기 상자는 2, 3년 전 2학년 담임을 하면서 뜻있게 여겨져서 학년을 넘나들면서 적용하는 테마다.

아이들의 의견대로 '버리기' 상자에서 먼저 메모지를 꺼낸다. 아이들의 눈빛이 궁금증으로 가득하다.

'편식, 복도에서 뛰기, 별명 부르기, 애들 놀리기, 게임중독, 욕하는 것, 때리기, 핸드폰 게임, 학원 땡땡이치기, 종이 버리기, 낙서, 알림장 안 쓰기, 계단 뛰어 내려가기, 밥 남기기, 화장실 휴지 막 쓰기, 화내는 거, ….'

'지키기' 상자의 메모도 재미있다.

'고운 말 쓰기, 일기 쓰기, 줄넘기하기, 다이어트, 발표하기, 글씨 바르게 쓰기, 편 가르지 않기, 가방 정리 스스로 하기, 밥 잘 먹기, 돈 아껴 쓰기, 친구와 잘 지내기, 엄마 도와드리기, 독서록 쓰기, 태권도, 학원 다니기, 자전거 타기, 친구 차별하지 않기, 왕따 시키지 않기….'

메모지를 붙여놓고 자기가 쓴 것은 아니지만 자기도 해당된다고 생각하는 메모에 손을 들어보게 한다. 그리고 그 메모와 관련하여 어떤 경험이 있었는지 말해 본다. 은성이가 자신이 잘못했던 지난 이야기를 들려주고 나니까 여기저기 지난 일을 자수(?)하려는 손들이 불쑥불쑥 올라온다. 아이들의 청명한 솔직성이 귀엽다.

제로 썸(Zero Sum)

지켜주소서
이루어지게 하소서
어여삐 여기소서

부처님 전
예수님 전
성모님 전
간절히 기도합니다

버릴 건 버리시오
스스로 이루시오
미련 대신 사랑하시오

부처님께서
예수님께서
성모님께서
일깨워 보냅니다

제38화 이면지 그리기

현장체험학습의 날을 하루 앞둔 아침 시간이다. 아이들은 아직 등교 전이다. 아이들 책상 위에 이면지 종이를 한 장씩 내려놓는다. 그리고 칠판에 아침 자습을 제시한다.

'현장체험학습을 갈 때, 가는 도중에, 가서' 위험할 수 있는 상황이나 행동을 그림으로 그려봅시다.

아이들은 제시된 활동 지시에 약간 낯설어하지만 이내 자리에 앉아서 고분고분 그림을 그린다. 다 그린 그림들이 칠판에 붙여진다. 줄 잘 선 그림, 안전벨트를 안 맨 모습, 모둠에서 떨어져 음식을 사

먹는 모습, 길 잃어버린 모습, 친구와 싸우는 모습, 스마트폰 게임에 빠져 있는 아이 모습…. 그림이 안 되어 뼈대로만 그린 속칭 졸라맨 형태의 그림에 설명이 훨씬 더 많은 그림들을 보면 아이들이 모두 그림 그리기를 좋아하진 않는다는 것도 알게 된다. 하지만 이런 활동을 통해 아이들 스스로 주의할 사항을 정리하고 되새겨 보는 기회가 되어 사전지도에 대한 나의 분담이 줄어드는 것은 확실하다. 과학 탐구대회도 그렇고, 리코더 발표회 때도 그랬다. 텃밭 가꾸기 활동 중 상추나 쑥갓, 풋고추 수확을 앞두고도 이면지 그림 그리기로 주의할 사항 알아보기는 사전 지도로서 충분하고도 알찬 활동이다.

나의 기분 표현하기는 아이들의 오늘 혹은 요즘의 상황을 파악하는데 중요한 근거가 될 뿐만 아니라 점심시간 순회 상담의 중요한 자료가 되었다. 나와 마주 앉을 순서의 아이가 그린 그림을 보고 점심 식탁에 마주 앉으면 좋은 이야깃거리가 되는 것이다.

"요즘 좋은 일 있는 것 같더라, 너 그제 생일이었지?"
"엥, 선생님이 그걸 어떻게 아세요?
"다 아는 수가 있지, 인마. 어쨌든 생일 축하하고."
녀석이 생일날 자랑을 하던지, 내가 묻던지 점심시간이 즐겁다.

그리움

마음으로
숱하게 그려 보았어

끝내 그림은 못 그리고
그리움만 그려지데

보고플 때마다
숱하게 지워보았어

끝내 지워지기는커녕
추억만 또렷 남데

제39화 아이에게서 삼십 센티미터만 떨어져 보세요

초등학교에서 아이들은 1학년에서 6학년을 향해 해마다 성장한다. 아이들이 한 학년 한 학년 성장할 때마다 아이들의 성장을 인식하고 보다 자율적이고, 보다 신뢰받고, 보다 책임질 기회를 주고 해야 하건만, 1학년에서 2학년으로, 2학년에서 3학년으로 담임을 연임할 경우, 오히려 성장하지 못하는 것은 교사일 때가 있다. 그게 나였다. 2학년 담임이었다가 3학년 담임이 되었음에도 나는 몇 달이 지나도록 3학년 아이들을 2학년처럼 대하고 있었던 것이다. 동학년 공개수업이란 기회에 옆 반 선생님의 교실을 보고 나서야 나의 실수를 깜짝 깨닫곤 했을 정도였으니 내 무감각함이 많이 부끄러웠다. 그런데 이런 실수는 교사만의 실수가 아닌 것 같다.

1년에 두 차례쯤 대대적인 학부모 상담 기간이 운영된다. 그 기간을 통해 나는 학부모님이 4학년이 된 자녀를 2학년쯤으로 양육하고 있는 것을 보곤 하는 것이다. 상태 어머니와도 많은 이야기를 나눴다. 아이가 아직 어리기만 해서 하나부터 열까지 하나도 챙겨주지 않을 수 없다는 말씀을 듣고만 있을 순 없었다. 부모님이 상태를 여전히 어린 아이로 대하면 4학년으로서의 태도와 자세, 책임감과 자율성을 익히지 못하게 된다는, 그것은 어쩌면 '어머니 때문일 수도' 있다는, 듣기에 따라선 몹시 불편할 수도 있는 말씀을 드리고야 말았다. 4학년이 되었으므로 학생으로서의 규칙에 대한 인식을 바르게 가지고 스스로 지킬 수 있도록 충고하는 것이 중요하다는 말씀을 드려야 했다. 3학년 때보다는 삼십 센티미터쯤 아이를 놓아주어 삼십 센티미터쯤의 새로 생긴 원형 영역에 대해 스스로 책임지고, 관리하는 자율을 부여하고, 그 영역 안에서의 자유를 누릴 권리도 함께 인식시켜 주고, 그 권리를 보장하는 것이 필요하다는 말씀을 드리고야 말았다. 아이가 서툴고 어설퍼서 안타까워도 기다려주고 실수를 극복할 때까지 입술을 깨물면서라도 기어코 해내는 모습을 지켜보셔야 한다는 말씀을 드리고야 말았다. 아이가 학교생활에서의 불만족을 이야기할 때도 아이를 무조건 사랑으로 안아 주시기만 하지 마시고, 아이가 한 말의 반대편에 서 보시고 진심으로 충고하는 게 중요하며, 정말 중요한 일이 아니면 네가 알아서 하라고 물러서도 보시라고, 그래도 계속되면 그때는 진지하게 도와주시라고…. 스스로 등교 시간 등 학교 규칙을 지키도록 하고, 스스로 학급의 약속을 의식하도록 충고하고, 스스로 알림장을 살펴 준비물을 갖추도록 가르치는 것이 그런 가르침이 아니겠냐고 말씀드리고야 말았다. 학부모의 가정교육이란 이름의 사랑은 저학년 때는 안아 주는 것이지만, 학년이 높아질수록 점점 길게 놓아 주는 것이어야 하지 않겠느냐는 의견을 강요하고 말았다. 그 대신 놓여난 영역에서 필요할 때 격려와 충고를 적절히 잊지 않는 것이면 좋겠다는 말씀을 또 덧붙였다. 나는 그렇게 생각한다고 말씀드리고야 말았다.

간혹 당신의 아이는 그런 아이가 아니라며 상담 중에 학부모님이 거세게 손사래를 치곤 한다. 그럴 리가 없다며 슬픈 표정을 지으신다. 이 때문에 선생님들은 학부모님께 당신이 함께 생활하고 있는 아이에 대해서 관찰한 대로 솔직하게 말씀드리기가 곤란하다. 아이의 부적응 행동이 학부모님과 함께 협력 지도해야 할 사안임에도 불구하고 차마 말씀드리지 못하는 경우는 없을지 걱정스럽기까지 하다.

아이들의 성장을 따라가지 못하는 것은 선생인 나도 마찬가지이면서도 나는 내 눈의 들보는 보지도 못하면서 학부모님들께 아이들을 아이들이 자란 만큼 어른(?)대접을 해야 하지 않겠느냐고 강요하는 내 꼴이 우습지만, 학부모 상담 때마다 나는 똑같은 오만을 범하곤 한다. 그러면서 또 고결한 척, 오만한 생각을 발효시키곤 한다.

사랑이 아프다는 것은 아이가 넘어지고 꾸지람 듣고, 실수하는 것을 보고도 달려가 안아 줄 수 없기 때문일지도 모른다. 아이는 넘어졌다가 스스로 일어설 때 성장하는 것이며, 꾸지람을 듣고 자신의 잘못을 바르게 알고 반성할 때 자라는 것이며, 실수를 깨닫고 실수를 되풀이하지 않는 것이 큰 성장이기 때문이다. 사랑이 아프다는 것은 이렇게 눈물을 머금고 아픈 아이를 지켜보아야만 하기 때문일 지도 모른다.

학년 수준을 크게 달리하여 담임을 맡을 때면 나는 종종 아이들에게 실수하곤 한다. 2학년 담임이었다가 이듬해는 5학년 담임이 되었던 때였다.

"선생님은 제가 1학년인 줄 아세요?"

아이들에게 모둠별로 정확하게 나눠줘야 하니까 배구공 여섯 개를 정확히 세어 준비해 놓았느냐는, 몇 번이나 거듭된 나의 추궁에 영준이는 나를 허연 눈동자로 흘기며 힐난하곤 했었다.

“어, 그래. 미안, 미안.”

영준이에게 통박을 맞고서야 나는 나를 깨닫는다.

나무

나무만큼만
재주가 있으면 좋겠다.

날 추울 때
외려 편히 쉬는 재주

완전히 빈손으로도
봄만 되면
꽃 피우고
잎 돋는 재주

땅속에선지
허공에선지
열매를 가져오는 재주

게다가
아무렇지도 않게
또다시

한 석 달
세상에서 가장
가난할 수 있는 재주

제40화 학급을 뒤흔드는 학부모

안산의 한 학교에 근무할 때의 일이다. 한창 수업 중인 2학년 교실을 향해 건장한 한 남성이 무단으로 쿵쾅쿵쾅 일부러 무거운 발소리를 내며 곧장 걸어온다. 이윽고 교실 앞문을 와르륵 요란하게 열고 교실에 함부로 들어와 2학년짜리 꼬마 아이를 무지막지한 두 팔로 번쩍 들어 올리며 눈을 부라린다.

"네가 우리 현석이를 괴롭히는 놈이지, 인마? 죽고 싶냐? 한 번만 더 우리 현석이 괴롭히면, 아저씨가 너 가만 안 둔다. 이걸 그냥 확."

몇몇 아이들이 울음을 터뜨리자, 그는 아이를 거칠게 자리에 내려놓더니 다시 성큼성큼 열린 교실 앞문으로 나가 버리더란다. 워낙 순식간에 일어난 일이고 보니 담임선생님은 어찌할 바를 모르겠더란다. 그 반의 담임선생님은 발령받은 지 2년이 아직 못 된, 병아리 티가 풋풋한 이 선생님이었고 여선생님이었다. 얼른 정신을 차리고 교감 선생님께 달려가 방금 일어난 일에 대해서 보고를 하고 나니 오히려 그때부터 가슴이 떨리고 갑자기 무섬증이 일더란다. 그 선생님은 퇴근 때 내 차로 함께 카풀 하시던 분이라서 퇴근 중에 선생님으로부터 더욱 자세한 이야기를 듣게 되었다. 이야기를 다 듣고 나서, 나 역시 매우 놀라운 일이라 당장 뭐라 조언하기가 어려웠다. 그때만 해도 젊어서였을까, 나는 그 일을 불의로 규정하고 당장 동료, 선배 교사를 불러서 만났다. 다음날 그 여선생님에게 어제 저녁에 동료, 선배 교사와 나눴던 이야기를 들려주었더니 자기도 한숨 못 자고 고민을 거듭했단다. 당한 아이의 학부모로부터도 거센 항의 전화를 받았단다.

"편지를 써서 현석이 손에 들려 보냈어요."

퇴근 시간에 내 차에 오르며 그 여선생님이 한 말이다. 학교라는 공공기관을 무단으로 난입한 점, 수업을 함부로 침해한 점, 아이의 일을 담임교사와 상의하지 않고 맘대로 교실을 침입하여 자기 학생을 위해 한 점 등에 대해서 단호하게 항의하는 편지였단다. 교사로서 등교하여 자기 교실에 있는 자기 학생을 지켜야 하는 의무, 지킬 권리. 자기 아이를 대신하여 자기 맘대로 아이에게 가한 위해는, 엄연히 법으로 금지된 린치에 해당하는 범죄 행위라는 점, 아직까지 자기 자신과 피해 학생 학부모한테 사과 한마디 하지 않고 있는 점에 분개하여 경찰에 신고를 준비하고 있으나, 하루 만 더 사과를 기다려보자며 피해 학생의 학부모님을 설득하고 있다는 점 등에 대해 조목조목 장문의 편지를 보냈으나 솔직히 많이 무섭다며 몸을 떨었다. 편지를 쓰면서도 그야말로 산만큼 큰 현석이 아빠의 덩치와 그 무지막지함에 대해 겁먹지 않으려고 애를 썼지만, 손끝이 자꾸만 떨리더란다. 이야기를 들으면서 나도 저 정도로 할 수 있을까 생각하니 병아리 선생님이 참 대단하다고 여겨졌다.

저녁에 전화가 왔다. 현석이 아빠로부터 전화가 왔단다. 가슴이 막 떨렸는데 의외로 낮고 정중한 목소리고 사과를 하더라며, 여선생님이 기쁨에 막 들떠 있는 게 느껴질 정도였다. 피해 학생의 학부모에게도 전화하겠으니 전화번호를 알려 달라더란다. 내가 놀라서 전화번호를 알려 줬느냐고 물었더니, 피해 학생의 학부모님께 현석이 아빠의 전화번호를 알려주겠다고 했단다. 젊은 선생님이 참 현명하다 칭찬하며 통화를 마쳤었다.

아침에 출근하여 막 자리에 앉는데 이 선생님이 밝은 얼굴로 찾아왔다. 피해 학생의 학부모가 현석이 아빠로부터 정중한 사과를 받았다고 전화를 걸어 왔단다. 나도 일어나 악수로 이 선생을 축하해 주었다. 정확히 15년 전의 일이다.

참나무 숲

숲이 좋아
참나무 숲길 걷다가

늘씬하게 잘 자란
나무들 기특해
올려보다가 알게 되었어

옹이 지고
가지 꺾이고
흉 지고
혹이 나고

참나무 그루그루마다
상처 없는 나무
한 그루도 없다는 걸
처음 알게 되었어

저런 상처로도
숲은
푸르고 푸르렀구나

제41화 교사도 때로는

아주 가끔 술잔이 넘칠 때가 있다. 그럴 때마다 건배의 주제는 같다. 우리는 서로 1년간 고생했다 서로를 위로하지만, 나중에 헤어지고 나서 결국 자기 자신을 위로했다는 걸 스스로 깨닫곤 한다. 아래는 대체로 우리의 네 잔쯤의 건배 주제이다.

1. 1년간 고생한 그대 자신에게 한 잔 술을 사 주어라

모 시인은, 자신의 인생에게 몇 번이나 술을 사 줬지만, 그의 인생은 그에게 술 한 잔 사 주지 않았단다. 우리네 인생도 그렇다. 그렇지만 우리는 오늘 또 우리의 인생에게 또 술 한 잔 사 주자.

2. 오늘은 망가지고 내일부턴 교양인이 되자

대화란 주고받는 말이지만, 올해 많이 속상했다면, 남의 말 듣기보다 자기 말을 많이 해도 괜찮다. 그리고 술잔은 나이가 많으나 적으나 경력이 많으나 적으나, 평교사이거나 관리자이거나 수평의 높이로 맞대며 예의의 경계선을 오락가락해도 좋다. 하소연하고 풀고 안아 주고 안기는 자리가 하루쯤은 있어야 하지 않겠는가.

3. 방학이다, 애들만 없으면, 선생도 할 만하단다

애들 없는 한 달간, 마음껏 여행하고 마음껏 공부하고 마음껏 재충전하자. 비우는 것이 채우는 것이다. 빈 병이라야 휘파람을 불 수 있다. 병을 비워야 다른 색 물감 물을 담을 수 있다. 가득 찬 배낭을 비워, 빈 배낭을 메고 방학을 다녀와 새롭게 배낭을 채워야 새해 새 아이들 앞에 새롭게 풀어 놓을 수 있다.

4. 아직도 술의 정체를 딱 한 마디로 말 못 하겠지만, 술이 하는 짓 몇 가지는 알 것 같다

잔을 나누는 사람끼리 서로 친해지게 한다는 것. 속을 열게 한다는 것. 깨우치게도, 후회스럽게도 한다는 것

술 한 잔

술이
마음 아픈 사람에게
잃은 사람에게
설운 사람에게
잔을 권한다

술이
울고 싶은 사람에게
소리치고 싶은 사람에게
말할 수 없는 사람에게
잔을 권한다

술이
밥값을 한 사람에게
밥값이 모자란 사람에게
밥값이 넘치는 사람에게
잔을 권한다

술이
애쓴 사람에게
애써야 할 사람에게
애먼 사람에게
잔을 권한다

술이
늦도록 잔을 권한다

제42화 사족(蛇足)

1. 지난해 3월 2일, 영찬이한테, 나는 어떤 선생님으로 기억되느냐고 물었던 적이 있었습니다

영찬이 왈, 공부 잘 가르치고, 자기들이랑 잘 놀아주고, 재미있지만, 무서울 땐 호랑이 같은 선생님이랍니다. 영찬이 말에 감동하였습니다. 그런 선생이라면 가장 완벽한 선생 아닌가요? 네. 애한테 그런 칭찬을 듣고 기분이 묘해지기도 하더군요. 사실 그건 미완의 내 지향점이거든요. 그렇지만 그중에서 마지막 '호랑이'는 내 주요 전략은 아니고요, 내 진짜 전략은 '아이들의 자존심 키워주기'입니다.

2. '자부심 키우기 전략' 좋습니다

아이들을 제대로 칭찬하고 격려하고 위로하는 전략이지만 실은 그게 다 내가 나 칭찬하고 격려고 위로하는 거거든요. 하지만 이게 쉽지만은 않은 게, 잘하는 아이는 칭찬하지 말래도 칭찬거리가 쏟아지는데, 소위 문제아를 칭찬하는 것은 정말 쉽지 않거든요. 칭찬거리가 일어난 순간 바로 칭찬하는 것은 쉬운데, 부적응 행동이 일어날 것 같은, 일어나기 바로 전 순간을 포착하는 것이 중요하거든요.

기왕 '**자부심을 키우는 칭찬**'이라면 3단 콤보 칭찬이 효과적입니다. 현장에서 바로 한 번, 전체 아이들 앞에서 또 한 번, 집에 가기 전에 따로 또 한 번. 혹은 다음 날 아침에 한 번 더. 예를 들면,

'영찬이가 친구들 발표를 잘 듣고 생각하니까 발표 내용이 아주 우수하네', '여러분, 여러분도 영찬이처럼 다른 아이들의 발표를 잘 듣고 나서 발표하면, 다른 아이들의 의견에 내 의견을 더해서 더 좋은 발표를 할 수 있게 되는 겁니다. 집에 가기 전에 다시 살짝 영찬이를 불러서, '영찬이 너는 정말 다른 아이들의 발표에도 귀를 잘 기울이니, 좋은 습관을 가졌어.' 뭐 이런 거죠.

부적응 행동 바로 전 순간 포착이란 이런 겁니다. 축구 경기 중에 아이가 화가 난 아이의 모습이 발견되었다면, '영찬이가 공이 잘 패스가 안 와서 약간 기분이 안 좋은가 보네, 그런데도 경기가 내 맘대로만 되는 게 아니라는 걸 알고 마음을 잘 다스리네, 짜식 4학년 답게 많이 컸네.' 교실에 들어와서 모든 아이들 앞에서 반드시

다시 짚어 줍니다. '오늘 체육 시간에 영찬이가 공이 자기한테 잘 패스도 안 되고 해서 화가 조금 났었던 것 같다. 그런데도 화도 별로 안 내고 잘 참는 모습에 선생님이 좀 놀랬다. 바로 그거거든. 경기란 뜻대로 잘 풀릴 때 보단 잘 안 풀릴 때가 더 많거든. 영찬이가 그걸 알고 있는 거지. 그걸 알고 마음을 다스릴 수가 있었던 것 같다. 여러분도 영찬이처럼 그렇게 행동할 수 있지? 그래서 내가 우리 반이 멋지다는 거다.' 그리고 다시 집에 가기 전에 영찬일 살짝 불러서 '평균적으로 모든 운동 선수들도 반은 이기고 반은 지는 거 알지? 오늘 체육 시간에 멋있었어, 짜식.'

3. 세 번째는 아이들에게 아이들의 부모님을 칭찬하라는 것입니다

아이들의 부모님이 어떤 분인지 모르면서도 칭찬하라는 겁니다.

내가 아이들의 부모님의 실체를 알 턱이 있습니까? 그러니 아이들의 부모님을 칭찬하라는 것은, 내가 바라는 학부모 상을 아이들에게 들려주라는 말입니다. 예를 들면, '너희들의 부모님은 너희들을 학교에 보내실 때마다, 학교 가서 선생님 말씀 잘 듣고 와라 또는 공부 열심히 하고 와라, 하고 말씀하실 거야. 그렇게 말씀하시는 너희들의 부모님은 학교가 뭐하는 곳인지, 선생님이 어떤 분이신지, 선생님 말씀을 잘 듣는 것이 공부를 잘하는 첫걸음이라는 것을 정확하게 아시는 분이라는 증거거든. 너희들 진짜 훌륭한 부모님을 두셨다. 요런 식이죠.

4. 네 번째는 칭찬도 법제가 필요합니다

한약방에서 약초의 약성을 강화시키거나 약초의 독성을 완화시키는 가공과정을 법제라 하는 모양입니다.

아이들 생김새, 불확실한 아이의 잠재된 능력, 부모님의 물질적 능력 등에 대한 되풀이 되는 칭찬은 독이 되기 십상입니다. 칭찬은 오로지 아이의 행동과 태도에 대한 칭찬이어야 합니다. 평소의 예쁜 모습보다는 '청소를 열심히 하다 보니 흐트러진 예쁜 모습'을, '머리가 좋구나.' 보다는 '와, 그렇게도 생각할 수 있겠구나!'하고 감탄을, '너희 집 멋지구나.'보다 '너희 부모님은 집 가꾸기에도 열심이신 모양이구나.'처럼 노력을, 칭찬해야 한다는 겁니다. 너무 걱정하실 필요가 없는 게 몇 번 의식적으로 그렇게 하다 보면 결국 그렇게 되더군요. 어쨌든 한약방에서처럼 칭찬도 법제가 필요합니다.

5. 다섯 번째 전략은 학부모에게 아이들을 칭찬하게 하는 것입니다

언젠가 누군가에게는 말한 적이 있는 것 같습니다만, 우리가 실패하는 것 중의 하나가 학부모와 소통하는 소재가 아이의 '문제 있는 행동'이나 학부모에게 뭘 말아달라는 식의 '요구 사항' 뿐이라는 점입니다. 그런 소통은 학부모를 불편하게 하는, 불통하고 싶어지는 소통일 뿐입니다. 아이를 칭찬하는 소통은 학생의 행동 수정을 엄청 쉽게 합니다. 그리고 효과 300%입니다. 부모님들은 자식 칭찬의 달인이기 때문입니다. 우리는 아이가 아무리 예뻐도 아이를 껴안아 주거나 볼에 뽀뽀해주거나 할 수 없습니다. 그러나 부모님들은 그런 걸 다 해줄 수 있습니다. 선생님께 칭찬받은 일로 집에서 또 칭찬받게 하는 것의 효과는 생각보다 놀랍습니다. 그리고 다음 날 아이에게 부모님께서 칭찬하지 않더냐고 확인해 주고, 한 번 더 '좋아요'를 눌러줍니다. '넌 정말 괜찮은 아이야', 진짜 중요한 것은 지금부터입니다. 주요 칭찬의 대상은 말썽꾸러기들입니다.

방법은 직접 음성통화가 아닙니다. 그건 선생님도 부담스럽고, 화를 받는 학부모도 놀랍니다. 문자 발송입니다. 그건 소통되지 않을 확률 거의 0%에다가 학부모님 부담률 0%에 교사 부담률 30% 쯤 정도일 것이며, 그 효과는 나는 그 아이의 담임교사이며, 그 아이의 부모를 확실한 부담임쯤으로 두는 것입니다. 칭찬의 예는 '영찬이가 수업 중에 옆 친구와 이야기도 덜 하고, 국어 시간에는 발표도 잘 해서 무척 대견했습니다. 부모님께서도 이 점을 칭찬하여주시기 바랍니다.', '영찬이가 축구 경기에서 져서 화가 많이 났는데도 잘 참고 집에 갔습니다. 4학년이 되어서 인내심이 많이 길러진 것 같습니다. 부모님의 위로 부탁드립니다.' 그리고 다음 날 확인, 영찬이의 손을 꼭 잡아주고 '짜아식, 넌 정말 멋진 녀석이야.' 아셨겠지만, 이 전략의 힘든 점은 칭찬할 거리가 거의 없는 아이들에게 칭찬거리를 발굴하는 게 약간 부담스러울 겁니 다. 그래서 교사 부담률이 한 30%쯤 일 거라고 한 겁니다.

6. 여섯 번째는 체육 시간 운영을 잘하라는 것입니다

경우에 따라서 체육 시간에 혼자만 욕심을 부려서 체육 시간을 망치는 일이 있습니다. 그런 경우를 대비해서 체육 시간에 운동장에 나가기 전에 꼭 아이들에게 경기 결과에 대한 태도를 사전에 지도하고 나가고, 체육 시간이 끝나면 아이들을 모이게 해서 경기에서 패한 팀의 아이들 중에서 한두 명을 골라 경기 규칙을 잘 지켰다는 둥, 혼자만 공을 가지려 하지 않고 패스를 하는 세련된 태도를 보였다는 둥 칭찬으로 마무리를 해주면 좋을 것 같습니다. 특히 학급 친선경기는 사전에도 사후에도 마무리를 잘해야 합니다. 친선경기에서 이 과정을 거치지 않으면, 학급 간 친선경기가 아니라 원수 경기로 종지부를 찍게 된다는 것을 다들 경험하셨으리라 믿습니다. 잘못되면 학교 밖 학급 대표 대항 격투기 시합으로까지 비화될 가능성도 없지 않습니다. 사전, 사후지도 꼭 주의하셔야 합니다.

7. 일곱 번째는 훈화를 통해 아이들의 인성 지도를 꾸준히 하라는 말씀입니다

아이들은 태생적으로 이야기를 좋아합니다. 이야기를 듣고 나면 교사가 딱히 이 이야기의 교훈은 '이런 것이었어.'라고 말하지 않아도 아이들은 이야기를 듣기 전과 분명히 뭔가가 달라져 있곤 합니다. 아마도 이야기는 '잔소리'가 아니라 '감동'이기 때문인 것 같습니다. 감동은 언제나 잔소리보다 훨씬 크거든요.

8. 여덟 번째는 아무리 사소한 일이라도 논리를 세워 지도하라는 것입니다

아이들은 가끔 말도 안 되는 고집이나 떼를 쓰기도 합니다. 때로는 무례하게 굴기까지 하죠. 이런 일을 묵과하고 지나가면 더 큰 고집과 강짜와 무례와 부적응 행동이 다시 오게 됩니다. 이번에도 논리가 서 있지 않다면 바로 거기서부터 교권이 무너지기 시작합니다. 아이들은 비논리적이고 어리기 짝이 없지만 빈틈없는 논리에 수긍할 줄 아는, 의외로 합리적인 존재입니다.

9. 아홉 번째는 학생 생활지도의 만능 지도법은 없지만, 아무리 골치 아픈 문제라도 누군가는 그 해법을 알고 있다는 것입니다.

그러니 난제를 만났을 땐, 사방에 묻고 찾아보라는 말씀입니다.

10. 열 번째는 이 책에서 논하지 못했지만, 선생님은 교사이지 의사가 아니라는 점을 분명히 인식하라는 말씀입니다

요즘의 교실에선 주의력 결핍 과잉행동장애증후군(ADHD)을 앓는 아이들이 적지 않게 눈에 띕니다. 이로 인해 학급 운영 자체가 큰 어려움을 겪기도 합니다. 주의력 결핍 및 과잉행동성에 교육이 무너질 지경일 때, 선생님은 눈을 감고 생각할 시간이 필요합니다. 아이의 교실 및 교육 손상 행동과 지도사항을 지속적으로 누가 기록하여, 상담교사의 의견을 묻고, 나아가 부모님과의 상담도 적극적으로 추진하는 것이 옳습니다. 이외에도 병증에 가까운 행동 양식을 보이는 아이들도 있습니다. 아이를 위해서나 학급을 위해서나 그리고 선생님 자신을 위해서나 교육 외적인 처치를 적극적으로 고

려해 보셔야 합니다. 다만 불충분한 자료와 상담 준비로 학부모님께 미루려는 인상의 상담을 서두르기만 한다면 문제 해결은커녕 학부모와의 분란만 초래할 수도 있으니, 예의 면이나 자료 면에서 충분히 준비를 갖추어야 학부모님의 분노가 아닌 공감을 얻으시길 바랍니다.

한 가지 더 있습니다. 교육이란 게 학생을 가운데 두고 교사와 학부모가 함께 제대로 협력할 때 시너지가 생기는 것이지만, 때때로 어떤 학부모님은 삶이 너무나 퍽퍽해서 그럴 수 없는 상황에 처하신 분들도 계십니다. 삶에 부대끼느라 가정교육엔 일 초의 여념도 없는 가정의 아이를 처음 만나면 선생님은 심호흡을 하십니다. '올해 열심히 살아야 하는 이유가 이 아이이겠구나.' 그리고 마음먹은 대로 선생님은 열심히 아이를 감싸 안고, 함께 아파하고, 사랑을 주며, 때로는 으르기도 하시지만 아이의 부적응 행동엔 아무런 변화가 없어 보입니다. 아이의 도덕성 발달 수준이 콜버그가 말하는 '인습 이전 수준'에 머물러 있는 것 같은 이 아이는, 한편으론 에릭슨이 말하는 인성 발달단계의 도대체 어느 단계쯤에 와 있는 것일까. 자존심 키우기 전략이고 뭐고, 가정의 제대로 된 호응이 없는 경우, 결국 아이의 불변은 선생님께 무력감과 회의를 불러일으킬 수도 있습니다. 나아가 아이의 불변은 선생님의 한 해를 '불행'으로 규정하게 될지도 모릅니다. 아이에게는 교육 이전에 다른 전문성이 필요했을 수도 있었던 것이겠지요. 그리고 선생님께서도 도움을 어디에서 어떻게 받을 수 있는지 물으실 용기가 필요한 순간이신 겁니다. 다시 한번 강조합니다. 선생님과 학교 교육은 만능이 아닙니다. 교육 이전에 치료가 먼저라는 사실을 잊지 마시길 바랍니다. 교육력 밖의 사항은 교육력 밖의 능력과 전문성에 맡기고 묻는 게 옳습니다. 할 수만 있다면 세상에도 외치고 싶습니다.

11. 열 한 번째, 자녀교육의 절반 이상의 책임은 부모님께 있습니다.

자녀교육에 있어 부모는 교사의 절대적인 동맹입니다. 자녀교육에 관해 부모와 교사는 상담과 협력, 협의와 지원의 상대이지 결코 공격의 대상이거나 전투의 상태가 되어선 안 됩니다. 두 분 사이에 이견이 있을 수 있으되, 자녀에게 교사를 공격하는 부모의 모습은 절대로 보여선 안 될 일입니다. 부모의 공격을 받거나 부모로부터 신뢰받지 못하는 선생님은, 자녀조차도 선생님의 교권을 부정하게 되기 때문입니다. 이와 반대로 교사는, 아무리 교육에 협조적이지 않은 부모를 만난 경우에도, 아이 앞에서 그 부모를 비난하는 경우, 교육은 그 누구도 아닌 교사로부터 망가지기 시작합니다. 자녀가 부모를 거부하거나 부끄러워하게 할 수도 있고, 자녀를 집 밖으로 끌어내어 방황하게 만들 수도 있기 때문입니다. 다시 말하지만, 부모와 교사는 자녀교육에 관한 한 명징한 동맹의 관계를 유지하고 가꿔가야 합니다.

진실

처음부터
없었다,

한 번 휘둘러
하늘을 쪼개는 칼은

마음 씻는 동시

수상작 모음

호박풍선

해맑은 날
벌들이 호박꽃 귀마다
속삭이고 갔다

“자, 이제 힘껏 불어 봐.”

삼 일 지나 호박꽃
턱 밑이 볼록

또 삼 일 지나!
호박이 불룩

또 또 삼 일 지난날
둥글둥글 호박 풍선

자꾸자꾸 커가는
호박 풍선들

제12회 공무원문예대전

다리미 배

엄마는 한 척 배의
선장님이시다

아무도 태우지 않고
엄마만 타고 가시는
다리미 배 선장님이시다

아버지의 주름진
와이셔츠는
엄마의 바다

엄마가 다리미 배
타고 가시면
구겨진 바다
잔잔해지지

기어이 바다 전체가
잠잠해지면

엄마는 다리미 배
항해 멈추고

새하얀 와이셔츠 바다
활짝 펼쳐 들고
빙그레 웃으신다

제37회 창주문학상

지렁이

소나기 온 뒤
길가 여기저기
도막 고무줄

꼼지락꼼지락
생고무줄

여자애들
학교 길에
비명소리 따라

길어졌다 짧아졌다
빨간 고무줄

그것도 생명이다
할머니 말씀 생각나

팔뚝마다 소름이
좁쌀같이 돋아나도

밟을까 다칠까
조심조심 발걸음

제37회 창주문학상

생각하는 나무

나뭇잎은 어쩌면
나무들의 생각인지도 몰라

봄
뾰족뾰족
돋는 생각

여름
푸릇푸릇
펼쳐낼 생각

가을
알록달록
재미난 생각

'이게 아닌데'
'이게 아닌데'

온갖 생각
다 떨쳐버리고

다시 생각에 잠기는
겨울

2013 한국일보 신춘문예

공룡 발자국

쿵쿵쿵
쿵쿵쿵

우리들 걸음마다
그게
천연기념물이 될지
누가 알았겠어?

몇 억 년 전
함께 걷던 추억이
오래된 일기장처럼
누군가의 마음을
흔들어 놓을 줄
누가 알았겠어?

사랑하는 엄마하고
나란나란 걷던
어린 내 발걸음
끝까지 따라와
읽어 낼 줄
누가 알았겠어?

그래도 아직
쿵쿵쿵
쿵쿵쿵
우리가 뭘 하고 놀았는지는
안 들킨 거지?

제12회 푸른문학상

빨래들의 눈물

할머니가
빨래 널고 들어가시면

주르륵주르륵
뚝-, 뚝-
할머니네 빨래들
눈물 흘린다.

빨랫줄에
엎드려 울고
매달려 울고
물구나무서서 울고
어깨 쫘악 펴고도 운다.

빨랫방망이로
펑펑 두들겨 맞아
우는 게 아니라

늙으신 손으로
때 쏙 빼 주신 게
고마워 운다.

할머니 시린
손빨래 널 때마다

할머니 댁
울보 빨래들
소리 없이 숨죽여
운다, 막 운다.

제12회 푸른문학상

돼지 소동

"여기, 여기"
"잡아, 잡아"
"오래오래, 오래오래"
"그쪽이야, 그쪽"

이른 봄날
외삼촌, 외숙모, 이모, 이모부
아기 돼지 한 마리 탈출했다며
봄 마당을 온통
이리 우르르 저리 우르르
이리 기우뚱 저리 기우뚱
난리법석이다.

아기 돼지
외삼촌 품에 안겨
고래고래 소리 지르며
버둥거리며
어른 소동 끝났지만

난 알 것 같다
아기 돼지의 그 맘

뾰족 구두 예쁘게 신은
고 작은 발로
오동동 오동동
나들이 가고팠을
아기 돼지의 그 맘.

환경과 문학 창간호

주황색 응원

귤껍질 벗겨보면
너도 알게 될 거야

어깨 겯고 있는
예닐곱 조각 초승달들

잘해보자 잘해보자
동그랗게 모여 어깨 겯던
올림픽 대회
배구선수 누나들처럼

귤껍질 속에서
귤 조각들도
동그랗게 모여 어깨 겯고
잘 자라자 잘 자라자

서로서로
응원 중인 거

너도
본 적 있지?

제10 천강문학상

고맙고 미안해서

바다는
날마다날마다
육지가 고마워서

해변으로 해변으로
자식들을 보내
절을 시킨다.

파도 아이들
모래밭까지 달려와
차례차례 넙죽넙죽
절하고 물러나고
절하고 물러나고

육지는
날마다날마다
절 받기 미안해서

강을 열어
품 안의 강물을
끝도 없이 끝도 없이
바다에 내어준다.

제10 천강문학상

계곡물까지
시냇물까지
다 내어 준다.

바다는
날마다날마다
육지가 고마워서
자식이란 자식은
모두 일깨워
모래밭까지 데려가
절을 시키고

육지는
날마다날마다
바다한테 미안해서
강이란 강의
모든 품을 열어
바다로 바다로
다 내어 준다

제10 천강문학상

별천지

처음 탄 밤 비행기
하늘에서 내려다보니
땅 위가 별천지
우리 세상이 별세상

별일이야 별 일이야!
엄마 말처럼

사람들 모여 사는 일이 정말
별 일이었나 봐
정 나누며 사는
우리들 세상이
별세상이었나 봐

사람들은 이 밤
꿈에도 모르겠지
자기들 오순도순 사는 일이
반짝반짝 별빛인 줄은
꿈에도 모를 거야

밤하늘
비행기에서 내려다보니
땅 위가 별천지
별세상인 줄 모르고 사는
사람 세상이 별세상

제10 천강문학상

□■ 작가의 말 ■□

왜 시인이 되었어요? 어린이들이 묻더군요.

어린이들의 마음을 몰라주는 어른들이 있어, 어린이들의 마음을 알아주고 안아 주려고 시인이 되었다고 답했습니다. 대답이 부족하다 싶어 말을 좀 더 곁들였습니다. 어른들의 수고와 사랑을 잘 모르는 아이들이 있어서, 어린이에게도 또한 어른들의 마음을 이해하고 안아 주는, 기특한 마음을 길러 주려고 시인이 되었다고요.(내 동시를 어린이들 뿐만 아니라 어른들도 함께 읽어주면 좋겠어요)

이번엔 시가 뭐냐고 묻더군요. 어려운 질문이지만, 시는 사람의 마음을 어루만져주고, 위로해주고, 알아주고, 따뜻하게 해주는 '노래 같은 글'이라며 또 부족한 대답을 하고 말았네요.

어차피 둘 다 어떤 말로도 부족한 대답일 것은 분명하지만, 또 하나 분명한 것이 있습니다. 그것은 바로 사람은 언제나 위로와 격려와 온정이 필요한 존재라는 것이지요. 애 어른 할 것 없이요. 그런데 저는 종종 그런 것들을 잊어버리거나 잃어버리곤 헤매는 사람들을 보게 됩니다.

시인 호를 달고 있으니, 사람들이 잊어버린, 잃어버린, 그런 것들을 눈 크게 뜨고 잘 찾아서, 잘 닦아서 되돌려드릴 수 있으면 좋겠습니다.

2022. 인해(仁海)